Mein großes
Kasperlebuch

E·KUTZER

Mein großes Kasperlebuch

Charlotte Rirsch-Pfeiffer erzählt,
die Bilder sind von E. Kutzer.

VERLAGSBUCHHANDLUNG
JULIUS BREITSCHOPF
WIEN • MÜNCHEN • ZÜRICH

Illustrationen Ernst Kutzer
Graphische Gestaltung und Schrift H. Breitschopf
Geschichten von Charlotte Rirsch-Pfeiffer —
Künstlerische Puppenspiele
Titelschriften von Letraset

Dein Buch wird noch schöner, wenn du deiner Phantasie freien Lauf läßt und die einfarbigen Zeichnungen noch nach deinem Geschmack bemalst.

Verlagsnummer 577
ISBN 3-7004-0214-7

Inhalt

Dieses Breitschopf-Buch gehört

....

Kasperl besiegt den Riesen

Der Seppl kommt ganz aufgeregt zum Kasperl und fragt ihn: „Hast du schon von dem bösen Riesen gehört, Kasperl?"

Die Gretel ist gerade beim Wäschewaschen. Sie reibt und bürstet die Wäsche, daß die Seifenflocken nur so fliegen. Aber den Seppl hat sie doch gehört. „Du wirst doch nicht im Ernst glauben, daß hier ein Riese sein Unwesen treibt", spöttelt sie.

Da ist der Seppl beleidigt und brummt: „Du brauchst es mir ja nicht zu glauben. Der Kasperl kann gehen und nachsehen. Die Leute suchen sowieso jemand, der den Riesen besiegt."

„Das fehlte mir gerade noch, daß der Kasperl einen Riesen besiegen will", sagt die Gretel und wäscht weiter. Aber da wird der Kasperl wütend: „Jetzt langt es mir, der Seppl will, daß ich den Riesen besiege, die Gretel will, daß ich nicht fortgehe — ich muß doch selbst wissen, was ich tue. Und damit ihr es wißt, ich gehe jetzt fort."

Der Seppl und die Gretel schauen sich an und schütteln ihre Köpfe.

Der Kasperl kommt in die Stadt und erfährt, wieso sich alle aufregen und sich vor dem Riesen fürchten. Vor allem die Bauern sind aufgebracht; also macht sich der Kasperl auf den Weg zu den Bauern.

Es ist Sommer und die Sonne brennt vom Himmel. Eigentlich müßten die Bauern bei der Ernte sein. Aber auf den Feldern ist weit und breit niemand zu sehen. So geht der Kasperl in das nächstgelegene Bauernhaus. Er grüßt freundlich, aber die Bauersleute, die Knechte und die Mägde sind bedrückt.

,,Was ist los?'' fragt der Kasperl, ,,ich habe schon von dem Riesen gehört, was könnt ihr mir darüber berichten?''

Nun erzählen sie dem Kasperl, daß der Riese mit seinen riesengroßen Stiefeln über die Felder gegangen ist, wobei er alles niedergetreten hat. Die armen Leute haben dieses Jahr keine Ernte.

Der Kasperl verabschiedet sich und geht zum nächsten Bauern. Der hat viele Obstbäume und verkauft seine Äpfel und Birnen in der Stadt. Er erzählt:

,,Immer wenn der Riese wütend ist, und das war er in letzter Zeit oft, reißt er einen Baum aus. Ruckzuck geht das, und der Baum liegt mit allen seinen Wurzeln auf dem Boden. Die Äpfel oder Birnen fallen herunter, und dieses Obst kann ich nicht mehr verkaufen. Der Riese hat auch bei anderen Bauern viel Schaden angerichtet. Da ist einer, der hat einen Wald. Dem hat er die schönsten Fichten ausgerissen. Man kann nur noch Brennholz daraus machen. Das sind Sachen!''

Traurig geht der Kasperl weiter. Er will noch zu dem Bauern, der unten am See wohnt.

Aber wie schaut es da aus! Wir hatten doch keinen Regen, denkt der Kasperl, wieso ist alles überschwemmt? Wie er über die Wiese zum Haus geht, werden seine Schuhe naß. Sogar seine Strümpfe werden angespritzt. Da kommt die Bäuerin, und sie erzählt dem Kasperl, was passiert ist: ,,Der Riese badet in letzter Zeit sehr oft. Er geht in den See, planscht herum und rudert mit seinen dicken Armen, daß es zum Fürchten ist. So geht der See natürlich über. Das Wasser schwappt in hohen Wellen auf die Wiesen, und wir haben tagelang eine Überschwemmung.''

Das hat der Kasperl wirklich nicht erwartet, daß der Riese soviel Schaden auf dem Feld, im Wald und sogar am See anrichtet. Der Riese wohnt schon lang in dieser Gegend, und noch nie haben die Bauern über ihn geklagt. Vielleicht bedenkt er gar nicht, daß er den Menschen alles zerstört! Man muß mit ihm reden, beschließt der Kasperl, und geht nach Hause.

Kurz erzählt er der Gretel das Wichtigste beim Mittagessen. Dann legt er sich unter den Kastanienbaum und denkt nach.

Am nächsten Morgen geht der Kasperl zum Riesen. Der wohnt in einem riesigen Schloß auf dem Berg.

Als der Kasperl über die Zugbrücke des Schlosses geht, erschrickt er, denn direkt über ihm ertönt eine mächtige Stimme: „Na, du kleiner Wicht, was willst du denn? Willst du mich vielleicht besuchen?"

„Jawohl, Herr Riese", sagt der Kasperl höflich.

„Dann geh nur weiter, fürchte dich nicht, ich bin im Burghof."

Ganz wohl ist dem Kasperl nicht, aber tapfer geht er weiter. Er sieht den Riesen im Burghof liegen, und damit er besser mit ihm reden kann, steigt der Kasperl eine Treppe hinauf, die zu einem Gang führt, und bleibt dort stehen. So sieht er auf den Riesen von oben hinunter — das ist gut, da hat man weniger Angst, findet der Kasperl.

„Was willst du?" fragt der Riese nicht unfreundlich.

Da nimmt sich der Kasperl zusammen und zählt alle Schandtaten des Riesen auf. Er sagt ihm sogar, daß er stiehlt, weil er den Bauern auch die Schafe und Schweine wegnimmt, um sie sich am Spieß zu braten.

Aber das war zuviel. Jetzt ist der Riese wütend. Er brüllt, daß es den Kasperl fast von der Treppe fegt: „Was fällt dir ein! Ich werde dich herumschleudern, daß du bis in deinen Garten fliegst, du Winzling, du magerer Pimpf du."

Bevor er noch weiter schimpft, sagt der Kasperl: „Aber

Herr Riese, warum sind Sie so böse? Sehen Sie, wenn Sie über die Felder stapfen, wächst kein Gras mehr, und wenn Sie Bäume ausreißen, sind keine Äpfel oder Birnen mehr da!"

„Schluß", schreit der Riese, „ich will von dir nichts hören. Was geht dich das alles an?"

Da erzählt ihm der Kasperl, daß er die Bauern besucht hat und sie ihm alle ihre Not geklagt haben. Er war doch früher nicht so garstig, warum ist er es jetzt?

Aber da kommt er beim Riesen schlecht an: „Kümmere dich um deinen Kram, wieso konnten die Bauern gerade dich schicken?"

„Weil sie Vertrauen zu mir haben", sagt der Kasperl, „sie wollten, daß ich mit dir rede."

„Papperlapapp", macht der Riese, „ich will nichts hören."

Noch einmal versucht der Kasperl mit dem Riesen ins Gespräch zu kommen: „Sag einmal, stimmt es, daß du in deinem Schloß viele Schätze hast?"

Da prahlt der Riese gehörig: „Natürlich, willst du sie sehen? Dann komm nur mit und schau dir alles an. Es sind die schönsten und wertvollsten Dinge, die es gibt. Da lacht einem das Herz im Leib, wenn man das alles sieht."

Damit steht er auf und geht mit dem Kasperl in das Schloß. Es stimmt wirklich. Gold und Silber liegt herum. Wertvolle Teppiche bedecken die Fußböden. In den Schränken lagern wunderschöne Stoffe. Der Kasperl kommt aus dem Staunen nicht heraus. Er kann es einfach nicht begreifen, daß es der Riese bei diesem Reichtum nötig hat, die Menschen so zu ärgern.

Da gesteht der Riese: „Vor langer Zeit haben die Menschen ein Spottlied auf mich gesungen, als hätte ich Angst vor den Menschen. Und das lasse ich nicht auf mir sitzen. Dieses Spottlied müssen sie büßen!"

Also so ist das, denkt der Kasperl, und den Riesen fragt er: ,,Wie geht denn das Spottlied, kannst du es noch?"

,,Natürlich, es geht so:

Riese, ach Riese, wie bist du dumm,
räkelst dich auf der Wiese herum.
Alle müssen zittern vor dir,
dich mag keiner, das schwör ich dir!
In der Hose sitzt dir die Angst,
da du selbst vor den Menschen bangst!"

,,Aber das ist doch nicht so arg", findet der Kasperl, ,,wie kann man da so empfindlich sein!"

Der Riese ist der Ansicht, daß das eine furchtbare Beleidigung ist, und darum will er den Menschen zeigen, daß er vor nichts Angst hat.

,,Ja, aber die, denen du schadest, können gar nichts für das Spottlied. Du bist ungerecht", macht ihm der Kasperl klar.

,,Das ist gleich, alle Menschen müssen büßen."

Da kann auch der Kasperl nichts mehr sagen. Wenn jemand so unbelehrbar ist, ist es hoffnungslos. Traurig verabschiedet sich der Kasperl und wandert wieder heimwärts.

Immer muß er an den Riesen denken. Wenn ihm doch nur etwas einfiele. Schließlich sind die Bauern arm, aber auch der Riese ist dabei nicht glücklich.

Eines Tages macht sich der Kasperl wieder auf, den Riesen zu besuchen. Der freut sich, hat er doch nie Besuch, und er langweilt sich.

,,Komm nur herein, Kasperl, was willst du denn?" sagt der Riese.

,,Ich möchte dir einen Wettkampf antragen. Hör gut zu, wie ich mir das vorstelle. Der Wettkampf muß in drei Teilen erfolgen: Beim ersten Kampf geht es darum, wer von uns länger auf einer Flöte blasen kann. Wer am längsten auf seiner Flöte bläst, hat gewonnen.''

,,Gut, weiter'', der Riese findet das lustig. Natürlich kann er länger blasen als der Kasperl, er ist doch viel stärker!

Der Kasperl fährt fort: ,,Beim zweiten Teil machen wir einen Wettlauf.''

,,Hahaha, da lach' ich mich tot, du kannst doch nicht so schnell laufen wie ich'', der Riese kann sich vor Lachen gar nicht fassen, ,,und was ist drittens?''

,,Im dritten Teil des Wettkampfes essen wir einen Topf voll Brei. Wer zuerst den Topf leergegessen hat, hat gewonnen.''

,,Wie du willst, Kasperl, dir ist wohl klar, daß du alles verlierst!''

,,Wir wollen sehen'', der Kasperl ist die Ruhe selbst.

,,Wann beginnen wir?'' fragt der Riese.

,,Ich denke morgen'', antwortet der Kasperl.

Dem Riesen ist alles recht, denn er ist überzeugt, daß er gewinnt. Deshalb fragt er den Kasperl: ,,Was bekommt der Sieger?''

,,Ich habe mir das so ausgedacht'', sagt der Kasperl, ,,wenn ich gewinne, mußt du allen Bauern, die du geschädigt hast, etwas von deinem Reichtum geben. Nicht zuviel. Gerade nur, was du ihnen an Schaden zugefügt hat. Und wenn du gewinnst, ziehst du fort in eine andere Gegend.''

,,Halt, das ist Betrug!'' schreit der Riese.

Da lacht der Kasperl: ,,Sei nicht böse, es war nur Spaß. Was willst du denn, wenn du gewinnst?''

,,Ich gewinne sicher'', ist der Riese überzeugt von sich, ,,darum muß ich mir auch etwas Besonderes ausdenken. Also, wenn ich gewinne, will ich die schönste Bauerntochter zur Frau.''

Nachdem ihm der Kasperl seinen Gewinn versprochen

hat, eilt er heim.

Am nächsten Tag kommt er mit dem Seppl wieder. ,,Ich brauche den Seppl, damit alles seine Richtigkeit hat.''

Der Seppl legt die beiden Flöten auf ein seidenes Kissen und zählt: eins, zwei, drei, los —

Der Riese und der Kasperl nehmen sich jeder eine Flöte. Zart bläst der Kasperl ein schönes Lied von Frühling und Mai. Der Riese aber, du liebe Zeit! Er hat zuerst noch die Luft angehalten, um mit doppelter Wucht hineinzublasen. Das Ergebnis ist entsetzlich. Die Flöte zerspringt in tausend Stücke und die Holzsplitter fliegen nur so umher.

,,Macht nichts'', tröstet ihn der Kasperl, ,,dein Atem war zu stark, aber wir haben noch zwei Wettkämpfe, die du gewinnen kannst.''

Seppl beginnt den Wettlauf abzustecken. Der Riese sucht sich die Bahn am Berghang aus. Er denkt, da ist er sicherer. Wieder zählt der Seppl eins, zwei, drei, los.

Beinahe gelingt es dem Riesen, den Kasperl zu überholen, er macht Riesenschritte! Doch plötzlich rollt vom Berghang ein großer Stein herunter, der Riese stolpert, und... fällt schließlich der Länge nach hin. Wieder hat er verloren. Denn während er sich noch aufrappelt, ist der Kasperl schon im Ziel.

,,Ihr habt mich betrogen'', schreit der Riese.

Aber der Kasperl streitet das ab: ,,Ich bin mit dir gelaufen, und der Seppl ist am Ziel gestanden, also konnte keiner von uns dir einen Stein in den Weg rollen.''

Kleinlaut gibt der Riese zu, daß es stimmt.

,,Auf zum dritten Wettkampf'', ruft der Seppl. Er schleppt zwei große Töpfe und stellt sie auf den Tisch. Jeder kann sich auf einen Stuhl setzen und einen großen Löffel in die Hand nehmen.

Der Seppl zählt wieder: eins, zwei, drei, los — und dann schaufeln sich beide den Brei in den Mund, als ob sie halb verhungert wären. Auf einmal neigt sich der Riese zur Seite und kippt vom Stuhl.

,,Was hat er denn'', der Seppl stürzt herbei und hebt den Kopf des Riesen. Der ist puterrot, dann läuft er blau an, und schließlich stehen ihm die Schweißperlen auf der Stirne. Nach einer Weile kommt er zu sich.

,,Kasperl'', flüstert er matt, ,,du hast gewonnen.'' Aber der Kasperl kann es gar nicht fassen, wieso der Riese zusammengebrochen ist.

Dann gesteht der Riese: ,,Ich wollte unbedingt gewinnen, um die schöne Bauerntochter heiraten zu können. Gestern habe ich deshalb geübt und dreimal einen Topf mit Brei ausgegessen...''

Das war natürlich zuviel! Kasperl und Seppl lachten herzlich, als sie das hörten.

,,Du hättest das Gegenteil machen müssen'', sagt der Kasperl, ,,du hättest seit gestern nichts essen dürfen.''

Das sieht der Riese ein, aber jetzt ist es zu spät.

Am nächsten Sonntag kommen die Bauern zum Riesen. Dieser ersetzt ihnen alle Schäden und verspricht, daß er nichts mehr ruinieren wird. Er möchte aber nicht fortziehen, sondern in seinem Schloß wohnen bleiben.

Damit sind alle einverstanden. Und in Zukunft wird er für alles, was er braucht, bezahlen.

Die hübsche Bauerntochter heiratet bald einen Bauernburschen aus ihrem Dorf, und beide ziehen nach der Hochzeit auf das Schloß des Riesen. Der junge Bauer wird Schloß-Hausmeister und Gärtner und seine Frau wird Haushälterin und Köchin. Darüber ist der Riese sehr froh. Er ärgert sich auch nicht mehr über das ,,Riesenlied'' und ist jetzt immer fröhlich! Kasperl und Seppl aber sind seine besten Freunde geworden.

Kasperls Reise nach China

Kasperl ist sehr neugierig. Immer will er etwas Neues sehen und hören. Er liest viele Bücher und schaut gern schöne Bilder an. Und wenn er jemand findet, der mehr weiß als er, dann hat er so viele Fragen, daß dem Gescheiteren bald die Luft ausgeht.

So ist es auch gekommen, daß der Kasperl eine Unmenge Interessantes über China gehört hat. Er weiß jetzt, daß der Weg nach China sehr weit ist und daß um ganz China herum eine Mauer gebaut wurde. Das ist zwar schon sehr lange her, aber diese Mauer steht immer noch, und man kommt nur durch Tore in das Land hinein. Es hat dort unendlich viele Kriege gegeben. Der Süden kämpfte mit dem Norden, der Osten kämpfte gegen Überfälle, und der Westen wehrte sich gegen die Fremden. Ihr Land ist sehr groß.

Man reitet auf Maultieren. Wer reich ist, hat selbst ein Maultier, wer sich keines leisten kann, mietet eines.

Als Kasperl das alles hört, ist er nicht mehr zu halten. Er packt nur wenig ein und verabschiedet sich von der Großmutter, der Gretel und vom Seppl. Er will keine Begleitung, er will ganz allein losziehen.

Aber das ist gar nicht so einfach. Der Weg ist ja schecklich weit. Endlich kommt er an das Gebirge, das er überqueren muß. Müde legt er sich in eine alte Holzhütte. In der Nacht — er schläft ganz tief — schleichen sich drei Räuber heran. Sie freuen sich, daß da einer schläft, der so aussieht, als ob er Geld bei sich hätte. Vorsichtig drehen sie seine Sachen um und finden schließlich sein Geld. Viel ist es nicht, das enttäuscht sie. Aber besser als gar nichts!

So nehmen sie ihm alles ab, was er hat, und machen sich leise davon.

Als der Kasperl am nächsten Tag wach wird, bemerkt er, daß jemand da war! O weh, sein Geld ist fort! Was soll er da machen? Er kann weder heim noch nach China, so ganz ohne Geld. Schließlich wandert er doch weiter. Er ist sehr betrübt.

Mitten in den Bergen liegt ein Dorf. Hübsche Wohnhäuser von Gärten umgeben. Da kommt dem Kasperl eine Idee: Er wird um Arbeit fragen. Gleich beim ersten Bauern fängt er an. Leider kann der ihn nicht brauchen. Er hat selbst sechs Söhne, und die machen alle Arbeit.

So geht der Kasperl zum nächsten. Das ist ein Schuster, der kein Land besitzt, und Kasperl kann keine Schuhe machen. Der dritte ist ein Schneider, und da geht es dem Kasperl ebenso.

Dann sieht er ein ganz großes Haus. Ob er da hineingehen soll?

Ach, denkt der Kasperl, ich versuche es. Der Bauer ist ein großer starker Mann, der geduldig zuhört, was ihm der Kasperl erzählt.

„Du hast Glück, einer meiner Knechte hat sich den Fuß gebrochen. Meinetwegen kannst du aushelfen, bis er wieder gehen kann. Komm herein, meine Leute sind gerade beim zweiten Frühstück, da kannst du mithalten, und sie lernen dich gleich kennen."

Der Kasperl möchte jubeln, so freut er sich. Er bleibt den ganzen Sommer dort, da der gebrochene Fuß des Knechtes sehr schlecht heilt, und alles Kräuterauflegen nicht viel nützt. Im Herbst hat der Kasperl so viel Geld gespart, daß er wieder weiterwandern kann. Er verabschiedet sich von allen, es war eine schöne Zeit, aber der Kasperl will immer noch nach China.

Endlich hat er das Gebirge hinter sich. Jetzt kommen

unendliche Ebenen. Da ziehen Karawanen durch den Sand. Es gibt keine Straßen wie in der Stadt, in der Kasperl wohnt.

An einem Brunnen treffen sich viele Reisende. Da hat Kasperl einen Reisegefährten gefunden. Er darf mit ihm in dessen Zelt schlafen. Das ist eine große Erleichterung für den Kasperl. Er muß nicht so viel Angst haben, wieder bestohlen zu werden.

Eines Nachts fegt ein Sturm über die Ebene. Kasperl und sein Gefährte verankern das Zelt fester, hüllen sich in ihre Decken und versuchen zu schlafen. Der Sturm tobt immer heftiger.

Schließlich merken sie, daß Sand durch die Fugen in das Innere des Zeltes dringt. Sie müssen sich Tücher vor Augen und Nase binden, aber es hilft nicht viel.

Am Morgen sind die Augen und die Nase entzündet. Alles ist verweht. Es dauert einige Tage, bis der Sturm nachläßt und alle weiterwandern können.

Das war jetzt schon mein zweites Abenteuer, denkt der Kasperl, und ich bin noch nicht einmal in China.

Aber mutig wandert er weiter. Sein Reisegefährte hat ihn verlassen, Kasperl muß allein weitergehen.

Endlich sieht er Reisfelder. Da kann es nicht mehr weit sein. Wasserbüffel traben durch die Felder. Männer und Frauen sind bei der Arbeit. Plötzlich ertönt ein fürchterliches Geschrei. Ein Büffel ist wild geworden. Er stampft wütend querfeldein, und ein anderer rennt mit. So toben zwei Wasserbüffel durch die Gegend, und alles flüchtet. Aber wohin? Kasperl rennt mit den anderen, denn er weiß ja nicht Bescheid, wie man sich retten kann.

Zum Glück ist es ihm gelungen, in die entgegengesetzte Richtung zu fliehen. Kasperl atmet auf. Haben denn die Abenteuer kein Ende? Er will doch endlich China erreichen.

Kasperl weiß nicht, daß ihm die größten Abenteuer noch bevorstehen.

Eines Tages ist er endlich in China. Zu seinem Glück trifft er einen Gelehrten, der viele Jahre studiert hat. So kann ihn der Kasperl ausfragen, denn der gute Mann gibt ihm über alles Auskunft. Kasperl darf sogar in seinem Haus wohnen und essen. Bald gelingt es dem Kasperl, mit zwei Stäbchen zu essen, wie es die Chinesen tun. Und so wie der Kasperl seine Zipfelmütze umherschleudern kann, so schleudern die Chinesen ihren Zopf.

Die Chinesen bekommen nämlich ihren Kopf rasiert. Nur in der Mitte bleibt eine Stelle ungeschoren, dort dürfen die Haare wachsen. Und diese Haare werden zu einem Zopf geflochten. So hat jeder Chinese aus der Mitte des Kopfes einen glänzenden, schwarzen Zopf hängen, und rundherum ist glatte Kopfhaut. Das sieht komisch aus, findet der Kasperl. Immerhin merkt er, daß jedes Land eigene Sitten hat.

Eines Tages erzählt ihm der gelehrte Mann von dem verschwundenen Prinzen. Es gibt in China schon immer einen Kaiser, der mit großer Macht über das Land herrscht. Der Kaiser hat mehrere Söhne, sein Lieblingssohn war der jüngste der Familie.

Eines Tages brach er mit seiner Begleitung auf, um sich die Zeit zu vertreiben. Es war ein unerhört prächtiges Bild. Kulis — so heißen die chinesischen Diener — trugen eine lackierte Sänfte. Sie hatte seidene Vorhänge, damit niemand hineinsehen konnte. Darin saß der Prinz. Zu beiden Seiten der Sänfte schritten die Freunde des Prinzen. Sie hatten die herrlichsten Seidengewänder an. am schönsten waren die Ärmel. Weite Ärmel, die mit Borten benäht waren aus roten, gelben, grünen und weißen Seidenfäden. Dazu trugen sie schwarze Lackschuhe. Den Kopf bedeckte ein dreieckiger Hut mit einer Quaste.

Am Schluß ritten die Wachen, damit dem Prinzen nichts passieren konnte. Aber all das war vergebens. Der Prinz kehrte nie mehr zurück. Der Kaiser und die Kaiserin grämten sich fast zu Tode. Die Brüder suchten das ganze Land ab. Niemand hatte den Zug gesehen.

Da muß der Kasperl nachdenken. Sollte er sich nicht auf den Weg machen? Vielleicht gelänge es ihm, den Prinzen zu finden.

Kasperl bespricht sich mit dem Gelehrten und macht sich auf den Weg.

Er ist schon einige Tage unterwegs, da kommt er in eine Gegend, wo er kaum weitergehen kann. Hohe Bäume, ein undurchdringliches Dickicht, Wasserläufe und Blumen, die er noch nie gesehen hat.

Kleine Hügel, die mit Bäumen und dichtem Buschwerk bedeckt sind, gefallen Kasperl ganz besonders. In der Ferne sieht er hohe Berge.

Es muß Mittag sein, denn Kasperl hat Hunger. So trinkt er von dem kühlen Wasser und ißt von den Früchten, die ganz herrlich schmecken. Kasperl überlegt sich, ob er weitergehen soll.

Er sieht eine wunderschön geschnitzte rote Brücke über einem Wasserlauf. Diese Brücke lockt ihn an. Er geht hinüber, und er findet, daß die Gegend immer schöner wird. Herrliche Vögel fliegen an ihm vorbei. Es herrscht friedliche Stille. Er kommt an einen kleinen See, auf dem sich die schönsten Wasserrosen wiegen.

Ich bin sicher in einem Zauberland, denkt der Kasperl. Plötzlich begegnet er einer wunderschönen Gestalt. Der Kasperl bleibt stehen und grüßt höflich.

„Was möchtest du hier?" fragt ihn die Fee, denn eine solche war es. „Du mußt gut sein, denn nur wer nichts Böses tut, findet den Weg in dieses Zauberland." Dem Kasperl verschlägt es die Rede. Er findet es selbstverständlich, daß er allen hilft; ihn deshalb gut zu nennen, ist ihm noch nicht in den Sinn gekommen.

„Ich suche eigentlich einen Prinzen, den jüngsten Sohn des Kaisers", sagt er.

„Dann komm, ich werde dich zu ihm führen", verspricht die Fee.

Wieder geht es durch eine herrliche Landschaft, an Tempeln vorbei, schönen Blumen und bunten Vögeln. Auf einer Wiese lagert der Prinz mit seinem ganzen Gefolge. Er ist sehr traurig, das kann man ihm ansehen. Er erzählt dem Kasperl seine Geschichte. Auch er ist so wie der Kasperl unverhofft in dieses schöne Land gekommen. Erst hat es ihm sehr gut gefallen. Na, das ist kein Wunder, denkt der Kasperl.

Die Fee, die auch der Kasperl getroffen hat, führte dann den Prinzen zur obersten Zauberfee. Er konnte es gar nicht fassen, was das alles bedeuten sollte. Dann hörte er: Er war im Land der Feen. Die sogenannte Ober-Zauberfee wollte ihn heiraten, denn ihr gefiel der Prinz so gut. Aber der konnte sich nicht entschließen, für immer im Zauberland zu bleiben.

„Und so bin ich hier. Die Ober-Zauberfee glaubt immer noch, daß ich mich eines Tages entschließen kann, sie zu heiraten. Darum will sie mich auch nicht in mein Heimatland entlassen."

„Das ist eine böse Geschichte", sagt der Kasperl, „kannst du denn nicht durchbrennen?"

„Vielleicht, ich weiß es nicht, ich will nicht im Bösen hier fort. Ich hoffe, daß die Zauberfee mich ziehen läßt." Leise spricht der Prinz seine Hoffnung aus. In diesem Augenblick kommt die Ober-Zauberfee zu den beiden. „Herzlich willkommen, Fremder", begrüßt sie den Kasperl.

„Ich bin der Kasperl", stellt er sich vor, „ich komme

von weit her, weil ich mir China ansehen wollte."

,,Da mußt du aber ein guter Kerl sein, sonst hättest du dieses Land nie gefunden." Sie sagt das gleiche wie schon die erste Fee, die Kasperl begrüßt hat.

,,Ich bin gar nichts Besonderes." Dem Kasperl ist es peinlich, wenn immer davon gesprochen wird, daß er gut ist.

,,Du kannst hier in meinem Reich bleiben, es soll dir gutgehen", macht die Ober-Zauberfee ihm einen Vorschlag. Aber der Kasperl erschrickt zu Tode. Jetzt will sie ihn auch dabehalten?

Du liebe Zeit, denkt er, das fehlt mir gerade noch. Laut sagt er zur Fee: ,,Danke schön für das Angebot, aber das kann ich nicht. Ich habe daheim die Gretel und die Großmutter und meinen lieben Freund, den Seppl, die wären zu traurig, wenn ich nicht mehr heimkäme."

,,Was wolltest du denn hier?" Jetzt ist die Ober-Zauberfee doch neugierig geworden. Aber da zaudert der Kasperl mit der Antwort, als so plötzlich nach dem Grund seines Kommens gefragt wird.

,,Ja, weißt du, eigentlich bin ich den Prinzen suchen gegangen. Der Kaiser und die Kaiserin sind ganz verzweifelt, daß ihr jüngster Sohn nicht mehr zurückgekommen ist. Man hat ihn im ganzen Land gesucht, es war alles vergebens."

,,So, da hast du dich auf den Weg gemacht, ihn zu suchen?" Der Kasperl nickt. ,,Ihm steht hier ein herrliches Leben bevor, wenn er mich heiratet", sagt hochmütig die Fee.

,,Es ist kein herrliches Leben, wenn man fern von der Familie und seiner Heimat sein muß", getraut sich der Kasperl zu erwidern.

Da wird die Ober-Zauberfee wütend: ,,Was verstehst denn du! Misch dich ja nicht ein. Ich lasse dich sonst von meinem Freund, dem Zauberer MA-KU, in einen Baum verwandeln!"

Da bin ich lieber still, denkt der Kasperl, ihm ist gar nicht wohl in seiner Haut. Aber nun mischt sich der Prinz ein.

„Weiß du, liebe Fee, es läßt sich nichts erzwingen. Was hast du davon, wenn ich immer traurig bin? Es gibt sicher viele Prinzen, die sich glücklich schätzten, dich heiraten zu dürfen. Laß mich mit dem Kasperl wieder zu meinen Eltern ziehen."

Aber so schnell läßt sich die Fee nicht bereden.

„Ich will aber dich", schmollt sie.

Da nimmt der Kasperl seinen ganzen Mut zusammen und bittet: „Gib dir einen Ruck und laß uns gehen. Ich werde den Prinzen an den kaiserlichen Hof bringen und dann wieder in meine Heimat ziehen."

Die Ober-Zauberfee überlegt noch ein wenig. Endlich stimmt sie zu. „Ich mache euch einen Vorschlag, ich veranstalte ein großes Fest. Es wird Musik geben, wir können tanzen, und alle sollen lustig sein. Eine lange große Tafel mit herrlichen Leckerbissen stellen wir auf, da können alle essen, was sie wollen."

Jubelnd dreht sich der Kasperl herum, bis er ganz schwindelig ist. Auch der Prinz lächelt wieder. Er verneigt sich vor der Fee und spricht zu ihr: „Liebe Fee, du hast dich selbst übertroffen. Ich danke dir. Meine Begleiter werden dir ebenfalls danken. Ich werde dich nie vergessen und wünsche dir alles Gute."

Das Fest dauerte drei Tage. Dann machen sich der Prinz mit seinem Gefolge und der Kasperl auf die Reise. Sie müssen keine Gefahren mehr bestehen, dafür hat die Ober-Zauberfee gesorgt.

Als sie in das Land des Kaisers kommen und sie erkannt werden, reiten vornehme Chinesen voraus, um dem Kaiserpaar die frohe Mitteilung zu überbringen.

Der Jubel kennt keine Grenzen. Als sie sich der Kaiserburg nähern, liegen prachtvolle Teppiche auf den Straßen und Blumen sind gestreut. Der Kaiser umarmt seinen Sohn, und die Mutter ist glücklich, ihn wiederzuhaben. Der Kasperl wird vom Kaiser hoch belobt und bekommt fürstliche Geschenke. Aber schon bald bricht er zu seiner Rückreise auf.

Nach vielen Wochen kommt der Kasperl wieder heim. Natürlich sind auch die Gretel und die Großmutter froh, daß er wieder da ist. Und der Seppl sagt: „Das nächstemal mußt du mich mitnehmen!"

MA-KU, der gelbe Zauberer

Nun ist Kasperls erste Chinareise schon zwei Jahre her. Er will aber unbedingt noch einmal die weite Reise wagen und diesmal auch den Seppl mitnehmen. Die Gretel ermuntert den Kasperl: „So fahr doch endlich. Ich merke es dir und Seppl doch an, daß ihr gern fahren würdet." Das lassen die beiden sich nicht zweimal sagen. Sie packen gleich ihre Sachen.

Diesmal geht die Reise schneller vonstatten. Zu zweit sind die Gefahren nicht so groß, und der Kasperl kennt schon die besten Wege. Nach wenigen Wochen sind sie in China.

Kasperl will vor allem den freundlichen Gelehrten besuchen. Aber der Seppl drängt fort, er will viel von diesem geheimnisvollen Land sehen.

So macht sich eines Tages der Kasperl mit dem Seppl auf, das Land zu erforschen. Sie verabschieden sich von dem freundlichen Gelehrten, der ihnen noch gute Ratschläge gibt.

Für den Seppl ist alles neu, er kommt aus dem Staunen nicht heraus. Lackierte Sänften, in denen die Fürsten getragen werden, hat er noch nie gesehen. Dann die Maultiere, auf denen die Händler reiten, links und rechts einen Sack mit Hirse oder Reis. Am meisten amüsiert er sich über die Zöpfe der Chinesen. Besonders fremdländisch sehen sie aus, wenn sie noch einen großen schwarzen Schnurrbart haben.

Kasperl und Seppl wandern weiter, einem großen Gebirge zu. Sie haben gehört, daß es dort nicht geheuer sein soll. Hohe Berge, von denen rauschende Wasserfälle zu

Tal stürzen, wirken recht unheimlich. Im Vorbeigehen sehen sie tiefe Höhlen. Trotz der wilden Landschaft blühen viele Blumen, auch solche, die der Seppl und Kasperl gar nicht kennen. Sie halten Rast, und dabei beschließen sie, einmal eine Höhle näher zu besichtigen.

Nach kurzem Weg entdecken sie unter dem Wasserfall den Eingang einer Höhle. Sie zwängen sich hindurch und kommen in eine große Höhle. Im Hintergrund ist ein weiterer Durchgang.

,,Da gehen wir auch durch'', sagt der Seppl forsch. Der Kasperl meint: ,,Es ist besser, wenn wir uns vorsichtig umsehen, wo wir da hinkommen.''

,,Aber was, du bist doch sonst nicht feig, laß uns nur gehen!'' Der Seppl will auf jeden Fall den Mutigen spielen.

Der Kasperl gibt nach, und so gehen sie zum zweiten Durchgang. Der ist aber noch enger als der erste. Kasperl muß zuerst durch, dann reicht ihm der Seppl alle Habseligkeiten, und erst jetzt kann der Seppl durchkriechen. Da stehen sie auf einer wunderschönen Lichtung.

,,Ist das hier schön'', freut sich der Kasperl. Der Seppl kann gar nichts sagen, so blendet ihn die Schönheit dieser Gegend. Sie gehen weiter und kommen zu einem Wald. Aber wie merkwürdig schaut er aus! Bäume, die keine Blätter haben. Sie recken ihre Äste wie Arme in die Luft und stehen ganz unbeweglich. Nur manchmal rührt sich ein Ast, aber so wenig, daß man es kaum sieht.

,,Haben wir uns verlaufen?'' fragt der Seppl, der es nun doch etwas mit der Angst bekommt. Der Kasperl weiß es nicht, auch ihm kommt alles merkwürdig vor. ,,Gehen wir weiter'', beschließt er, ,,es hat keinen Zweck, stehenzubleiben.''

Auch auf diesem Weg sehen sie große Wasserfälle, die sich im Tal zu einem Fluß vereinen. Plötzlich bleiben

Kasperl und Seppl stehen. Sie trauen ihren Augen nicht. Aus dem Fluß erhebt sich ein riesiges Krokodil und watschelt auf das Land zu.

„Schnell, Seppl, auf einen Baum!" Aber das ist nicht möglich. Die Äste reichen nicht so weit herunter, und die Stämme sind viel zu glatt. Hilflos sehen sich beide um. Das Krokodil kommt immer näher. Kasperl und Seppl rennen schnell auf die andere Seite. Doch das Krokodil dreht sich auch und kommt wieder auf sie zu.

„Ich werde probieren, ob ich einen langen Ast abbrechen kann, um damit das Krokodil zu verscheuchen", ruft der Kasperl und flieht zu den Bäumen. Aber es gelingt ihm nicht. Da ertönt von weit her ein Gebrüll. „Was ist los? Was hat mein liebes Krokodilchen, daß es aus dem Fluß will?"

Kasperl und Seppl denken, sie hören nicht recht. Wer faselt da von einem Krokodilchen, wenn so ein Riesentier auf sie zukommt?

Das Krokodil dreht und wendet sich, es hat die Stimme seines Herrn erkannt. Es dauert nicht lange, und drei Chinesen mit gelblicher Gesichtsfarbe und mit schwarzen Zöpfen und Schnurrbärten kommen herbei. „Was wollt ihr hier?" fragt der mit der lauten Stimme.

„Wir sind auf der Reise und wollen uns nur die Höhlen anschauen", antwortet der Kasperl. „Wir wollen bestimmt nichts Böses", stottert der Seppl, „auf der Lichtung hat es uns so gut gefallen, da sind wir eben weitergegangen."

„So, so, damit ihr es wißt: Ihr seid hier in meinem Gebiet. Ich bin MA-KU, der berühmte Zauberer. Und diese beiden sind meine Gehilfen. Aber was rede ich so lang! Ihr beiden bleibt hier. Das Krokodil ist mein Wächter. Keiner kommt über den Fluß. In keiner Richtung. Dafür sorgt mein liebes Tierchen."

Das Krokodil kommt herbei, windet seinen Schwanz um den Zauberer, und der grault das Tier, als ob es ein kleiner Schoßhund wäre.

„Wir müssen wieder heim", wagt der Kasperl zu sagen, „meine Großmutter und die Gretel warten auf uns."

„Die gehen mich nichts an", murrt der Zauberer, „geht und helft meinen Gehilfen."

Da nehmen sie ihre Sachen auf und gehen hinter den dreien her. Das Krokodil taucht wieder im Fluß unter.

Als sie zum Haus des Zauberers kommen, staunen Kasperl und Seppl nicht schlecht. Überall stehen Gläser herum, und geheimnisvolle Geräte sind aufgebaut. Ein großer Herd in der Mitte des Hauses war kalt, und ein Gehilfe forderte den Kasperl auf, einzuheizen. „Dort in der Ecke sind Holz und Kohlen, da mach jetzt ein gutes Feuer an!"

Kasperl beeilt sich, dem Befehl nachzukommen. Inzwischen muß der Seppl mit einem Besen, der ihm viel zu groß ist, den Raum kehren. Die beiden Gehilfen holen eilig Säfte und Töpfe herbei. Ihre Zöpfe fliegen hin und her, so rennen sie in der Gegend herum.

Dann kommt MA-KU. Er stellt sich an den Herd, und seine Gehilfen müssen ihm nur zureichen. Da steigt gelber Rauch auf. Der Kasperl denkt: Das wird entsetzlich stinken. Aber nichts dergleichen geschieht. Im Gegenteil. Es duftet süß, als ob die herrlichsten Rosen im Raum stünden. Das Wasser auf dem Herd kocht und wallt. Weiße Nebel steigen auf und hüllen alles ein. Man sieht gar nichts mehr.

„Seppl, bist du noch da?" fragt der Kasperl. „Ja, ja, ich sehe in dem Nebel auch nichts, aber es riecht so gut."

Da wird MA-KU energisch: „Ich bitte mir Ruhe aus. Wenn ihr hier seid, habt ihr kein Wort zu sprechen, verstanden?" Mucksmäuschenstill ist es im Raum. Dann gießt MA-KU rote Flüssigkeit in ein Gefäß, da wird der Nebel rot. Er kocht weiter, und als er etwas Blau dazu schüttet, verflüchtigt sich der Nebel, und alle Säfte sind in Gläsern. „So, das hätten wir" — der Zauberer ist sehr zufrieden mit sich.

„So etwas habe ich noch nie gesehen", sagt der Kasperl und ist froh, daß keiner von ihnen beiden verschwunden ist. Aber nun heißt es aufräumen. MA-KU geht hinaus, und die beiden Gehilfen schaffen Kasperl und Seppl die Arbeit an.

Da flüstert der Kasperl dem Seppl zu: „Ich glaube, die waren froh, daß wir gekommen sind. Sonst hätten sie doch niemand für die Arbeit gehabt."

Aber dem Seppl ist nicht nach einem Spaß zumute. „Wie kommen wir nur hier fort, ich hab' schon genug von China, ich möchte heim."

„Das hat man davon, wenn man dich mitnimmt", ärgert sich der Kasperl, „es wird schon werden. Mir wird sicher etwas einfallen." Dann reden sie nichts mehr, denn sie wollen die Gehilfen nicht weiter aufmerksam machen.

Beide haben nun einen gehörigen Hunger. „Bekommen wir nichts zu essen?" fragt der Kasperl einen Gehilfen. „Doch, doch", nickt dieser mit dem Kopf. Dann ruft er seinen Kollegen, und beide stellen sich vor dem Kasperl und den Seppl, verbeugen sich dreimal tief. „Chang", sagt dabei der eine und deutet mit dem Finger auf den anderen, dann „Lu-Yung-Cheng" und deutet auf sich selbst.

Kasperl und Seppl haben begriffen. So sind die Namen der beiden Gehilfen. Sie stellen sich auch vor: Kasperl — Seppl.

Aber das können die beiden Chinesen beim besten Willen nicht aussprechen. Damit man sie aber rufen kann, erhält Kasperl den Namen ,,The'' und Seppl den Namen ,,Liang''.

Seppl wird immer unglücklicher. ,,Jetzt haben sie uns schon andere Namen gegeben, wie lange soll das noch dauern. Und das Essen schmeckt mir auch nicht'', murrt er. Aber dem Kasperl ist noch keine Möglichkeit zur Flucht eingefallen.

Sie haben viel Arbeit und sind am Abend todmüde. Da kann der Kasperl nicht viel nachdenken.

Der Zauberer zaubert sehr oft. Immer geheimnisvoll. Er kocht auf dem Herd, und die Dämpfe wallen, aber Kasperl kommt nicht dahinter, was er eigentlich zaubert.

Eines Tages gehen Kasperl und Seppl spazieren. Sie kommen zu den merkwürdigen Bäumen. Auf einmal sieht Kasperl mit Entsetzen, wie sich ein dicker Ast herabläßt, den Seppl umfaßt und in seine Baumkrone setzt. Der Seppl schreit wie am Spieß. Darauf nimmt ihn der Ast wieder und läßt ihn vorsichtig auf die Erde nieder. Das war den beiden zuviel. Was soll das? Was sind das für Bäume? Sie laufen fort und setzen sich ins Gras.

,,Ha, ha, ha,'' lacht MA-KU, ,,das war ein Spaß! Das sind meine Bäume. Sie müssen tun, was ich ihnen sage. Sie dienen ebenfalls meinem Schutz, genau wie das Krokodil.''

Als er gegangen ist, flüstert Kasperl: ,,Das hat er nur gezeigt, damit wir Angst bekommen. Wir müssen also nicht nur das Krokodil ausschalten, sondern auch die Bäume.''

,,Ach was'', der Seppl hat riesige Angst, ,,er wird noch mehr haben.''

,,Das wäre natürlich möglich,'' sinniert der Kasperl, ,,warten wir noch ein wenig. Vielleicht zeigt sich uns später ein Weg.''

Eines Tages putzen sie wieder einmal die Zauberküche.

MA-KU hat gekocht, farbige Dämpfe wogen in der Küche, und alle Gläser sind voll mit bunten Säften. „Wenn ich nur wüßte, was es mit den Wassern in den Flaschen auf sich hat", leise redet der Kasperl mit dem Seppl, „irgend etwas muß es doch bedeuten. Ich werde MA-KU einmal nachschleichen."

Dem Seppl ist das gar nicht recht, er hat Angst. Aber der Kasperl läßt sich nicht mehr halten. Er trägt gerade an diesem Tag eine dunkle Jacke, sodaß man ihn zwischen dichten Bäumen und Sträuchern nicht sehen kann. Er läßt MA-KU einen gehörigen Vorsprung, und geht immer wieder in Deckung.

Da entdeckt der Kasperl, daß der Zauberer in einer Höhle verschwindet. Es ist natürlich schwer, ihm zu folgen. Der Kasperl weiß ja nicht, ob er auf der anderen Seite weitergeht oder stehenbleibt, um ihn zu fangen. Trotzdem schleicht er nach und zwängt sich durch die Höhle. Er ist froh, als er sieht, daß MA-KU weitergegangen ist.

Nun bemerkt der Kasperl, daß der Zauberer eine große Flasche unter dem Mantel verborgen hat. Dann steht der Zauberer still, schüttelt den Inhalt der Flasche und schüttet ihn weit im Bogen über das Land. Überall, wo die Flüssigkeit hinkommt, verbrennt alles, was wächst, sogar die Erde wird mitverbrannt.

Grauen schüttelt den Kasperl. Endlich weiß er, wozu das gehört, was MA-KU zusammenbraut. Vorsichtig geht der Kasperl zurück, und noch vor dem Zauberer kommt er durch die Höhlenöffnung und ist schnell wieder im Zauberhaus.

Aufgeregt erzählt er alles dem Seppl. Da geht es nicht, daß sie einfach davonrennen, sondern sie müssen MA-KU unschädlich machen, der so böse ist, die Felder und Äcker zu verbrennen.

Kein Wunder, daß es Hungersnöte gibt, von denen der Gelehrte erzählt hat. Niemand weiß es, daß es MA-KU, der gelbe Zauberer, ist. Aber noch vergehen einige Wochen, bis es dem Kasperl gelingt, den Zauberer unschädlich zu machen.

Der Kasperl überlegt: Wenn die Säfte, die die Fluren verbrennen, auf das Haus des Zauberer geschüttet werden, müßte das Haus doch auch verbrennen. So paßt er auf, als MA-KU wieder einmal in der Zauberküche ist und kocht. Er läßt ihn alle Säfte in Flaschen einfüllen.

Aber als MA-KU gerade eine Schüssel nehmen will, die noch voll ist, reißt der Kasperl sie ihm aus der Hand und schüttet alles in die Küche. MA-KU schreit auf, will dem Kasperl die Schüssel entreißen, da schnappt sie der Seppl, der noch den Rest ausleert.

Auf einmal züngeln Flammen empor, es brennt immer mehr, alle können nur noch hinauslaufen. Gefäße explodieren, das Haus brennt, Glas zerspringt — es ist die reinste Hölle. Als alles vorüber ist, liegt nur ein kleiner Haufen Asche im Garten.

Dieser ist allerdings auch ganz verändert. Die Blumen teilen sich, Wege werden sichtbar, und die kahlen Bäume bekommen plötzlich Blätter. Kasperl und Seppl können nicht genug staunen.

„Wo ist MA-KU?" fragt der Seppl. Beide gehen ihn suchen. Sie finden ihn zusammengekauert in einer Ecke des Gartens. Das Krokodil ist bei ihm und liegt zu seinen Füßen.

„Du hast mir alle Zaubermacht genommen", sagt der vorwurfsvoll zum Kasperl, „aus ist es mit MA-KU, dem gelben Zauberer."

„Das hätte ich nie getan, wenn du Gutes gezaubert hättest, aber die Erde verbrennen, damit es Hungersnöte gibt, ist doch ein Verbrechen", ereifert sich der Kasperl,

,,es ist nur gerecht, wenn du nicht mehr zaubern kannst.''

MA-KU gibt keine Antwort. Zu groß ist sein Kummer, daß er besiegt wurde. Chang und Lu-Yung-Cheng kommen herbeigelaufen. Sie haben viele Jahre dem bösen Zauberer dienen müssen und sind froh, daß die Hexenküche verbrannt ist. Sie wollen in ihr Dorf, zu ihren Familien heimkehren.

Sie sagen: ,,Vielen Dank, The, und vielen Dank, Liang, wir gehen, und wir werden euch nicht vergessen.'' Es war das letztemal, daß Kasperl und Seppl ihre chinesischen Namen hörten. Auch sie werden die beiden netten Gehilfen nicht vergessen.

,,Was machen wir nur mit dem Zauberer?'' fragt der Seppl. ,,Den lassen wir sitzen'', entscheidet der Kasperl, ,,da er keine Zauberkraft mehr hat, ist er unschädlich. Er kann sich mit seinem Krokodil unterhalten, er kann im Garten arbeiten und kann den Brandplatz aufräumen, da hat er genug zu tun.''

So ist es geschehen. Kasperl und Seppl gehen etwas später als Chang und Lu-Yung-Cheng und verlassen das Reich von MA-KU.

Aber die beiden Gehilfen haben schon überall erzählt, was der Kasperl geleistet hat, und so hat es auch der Kaiser erfahren. Er schickt seine Soldaten aus und läßt Kasperl und Seppl im Geleit zu sich führen. Der Kaiser freut sich sehr, daß der Kasperl noch einmal zurückgekehrt ist. Er wird wieder ausgezeichnet und erhält viele Goldstücke zur Belohnung. Sie reisen in einer Kutsche des Kaisers, damit sie gut in ihre Heimat zurückkommen.

Ein Pony zum Reiten

Das gelbe Haus am Berg

Da ist das gelbe Haus am Berg. Der Wurstel Bimini guckt aus dem Fenster und sagt: „Guten Tag! Hier ist es lustig."

Ja, viele Kinder lachen im Garten. Tante Helga sitzt unter dem Kasta= nienbaum. Sie schaut mit Hansi Bil= derbücher an. Die kleinen backen und bauen in der Sandkiste. Die großen

springen, schaukeln und spielen Ball. Herbert fährt auf einem Dreirad. Riki und Gerlinde spielen Fangen. Heidi schläfert das Puppenkind Lisi ein. Sie singt: „Schlaf, mein Kindchen, schlaf ...!"

O je, jetzt ist Gerlinde nieder=

gefallen. Ihr Knie blutet. Sie weint gar nicht und will nichts sagen. Aber die Puppenmutter Heidi ruft: „Tante Hel=ga! Gerlinde blutet!" Heidi darf mit Gerlinde ins Haus gehen. Dort

verbindet Tante Erika das kranke Knie.

Leni hat für die Tante einen großen Strauß Löwenzahn ge= pflückt. Der wird in der blauen Vase schön leuchten!

Thomas und seine Mutti

Da kommt Thomas mit seiner Mutti. Die Mutter trägt einen Koffer. Thomas soll in dem gelben Haus

wohnen. Seine Mutti muß nach England reisen.

Thomas sieht, wie die Kinder spielen. Er fragt: „Mutti, darf ich dann auch schaukeln, mit dem Dreirad fahren und in der Sandkiste bauen?" Am liebsten möchte Thomas gleich über den Zaun klettern.

Aber die Mutti macht ein ernstes Gesicht und fragt: „Wirst du mir auch keine Schande machen? Wirst du den Tanten immer folgen?"

„O ja, Mutti! Und du bringst mir ein Pony mit, bitte! Ein liebes klei=

nes Pferdchen zum Reiten!"

„Aber Thomas, du weißt doch, daß ich nur wenig Geld habe. Ein Pony kostet viel Geld."

„Nimm alles aus meiner Sparbüchse, Mutti! Aber bring mir ein Pony! Bitte! Onkel Karl baut ihm einen Stall in unserem Hof."

Da sagt die Mutter: „Ich bin traurig, Thomas. Aber ich kann dir wirklich kein Pony bringen."

Thomas macht ein dummes und sehr böses Gesicht.

Der Wurstel Bimini

„Hihi!"
Wer lacht denn da? „Haha, hihi!"
Wer lacht da über Thomas?
„Hihi, haha, hihi!" Bimini lacht:
„Hoho! Was für ein böser Bub kommt

da ins Haus? Trotzige Kinder können wir nicht brauchen. Ich will ihn gleich wieder lustig machen, den dummen Buben."

Hopperla! Bimini wirft seine Zipfelmütze hinunter auf das Gras. Da lacht Thomas wirklich: „Schau,

Mutti, die lustige bunte Mütze! Woher ist sie gekommen?"

Tante Hilde

Die Mutter klopft an einer weißen Tür.

„Herein!" ruft eine Frau.

„Guten Tag!" grüßt Thomas.

„Grüß dich Gott, Thomas!" sagt die Frau, „ich bin Tante Hilde. Du willst also bei uns bleiben

solang deine Mutti in England ist?"

Thomas nickt. „Die Zipfelmütze ist draußen im Gras gelegen. Wem gehört sie denn?"

„Ach, die hat Bimini aus dem Fenste[r] geworfen", sagt die Tante. „Behalte sie! Du kannst dem Schlingel die Mütze gleich selber zurückgeben. – Komm, Tante Hedi wird dir dein Bett und den Waschraum zeigen."

Die Mutti gibt Thomas ein Busserl und sagt noch einmal: „Sei schön brav!"

Im Schlafsaal

Jetzt kommt Tante Hedi. Sie nimmt den Koffer und geht mit Thomas über die Stiege in den ersten Stock. Da sind viele weiße Türen. Die Tante öffnet eine Tür. In dem Zimmer stehen mehrere Betten. Zwischen zwei Betten steht immer ein Nachtkästchen. Tante Hedi zeigt Thomas sein Bett.

Auf dem Fensterbrett sitzt ein Wurstel ohne Mütze. Thomas schaut auf die Mütze in seiner Hand. „Darf ich sie ihm geben?" fragt er die Tante.

„Ja, Bimini mußt du begrüßen. Er ist unser Zimmerwurstel. Den ganzen Tag sitzt er auf dem Fenster und schaut auf die Straße. Am Abend kommt er zu den Kindern und erzählt Geschichten, damit sie besser einschlafen können."

„Guten Tag, Bimini!" sagt Thomas. „Da hast du deine Mütze wieder."

„Danke!" lacht Bimini und schlägt auf dem Fensterbrett einen Purzelbaum. Da lachen beide.

Bei den Kindern

Thomas hat seine neue bunte Spielhose mit den Pferdchen ange=zogen. Mutti hat die Spielhose ge=näht. Tante Hedi ist mit Thomas in den Garten gegangen.

Wo soll er jetzt mitspielen? Niemand sagt: „Komm her, spiel mit!"

Thomas wird sehr traurig. Er hat schon Tränen in den Augen. Er

möchte fortlaufen.

Da kommt ein Mädchen mit einem Puppenwagen. Thomas dreht sich um. Mit Mädchen und mit Puppen mag er nicht spielen. Aber das Mädchen nimmt ihn an der Hand und sagt: „Komm, ich zeige dir ein Geheimnis! Die anderen Kinder wissen nichts davon."

Ein Geheimnis? Geheimnisse hat Thomas gern.

Das Geheimnis

Das Mädchen stellt den Puppenwagen unter einen Busch. Dann sagt es: „Lisi schläft. – Ich heiße Heidi. Wie heißt du?"

„Thomas."

„Komm, Thomas!"
Heidi führt ihn hinter das Haus. Dort ist ein Hof. An der Mauer steht eine Hundehütte. Eine Hundemutter spielt dort mit zwei Hundekindern.

„Bella!" ruft Heidi. Die Alte spitzt die Ohren und wedelt mit dem Schwanz. Heidi gibt ihr ein Stück Zucker.

Thomas hat sich schon hingekauert. Er streichelt die wolligen Hündchen. Die legen sich auf den Rücken und schnappen nach den Händen der Kinder. Die spitzen Zähne kratzen und kitzeln.

Ein Hündchen möchte an Thomas hinaufklettern. Es purzelt aber immer wieder hinunter.

Auf einmal läutet eine Glocke. „Bimmel, bemmel, Wurst und Semmel!" ruft Heidi. „Leb wohl, Bella! Morgen kommen wir wieder! - Spielsachen aufräumen! Hände waschen! Nachtmahl! Komm Thomas!"

Vor dem Einschlafen

Heidi hat Thomas beim Waschen ein bißchen geholfen. Tante Hedi ist mit Heidi sehr zufrieden. Sie sagt: „Heidi, du bist eine feine Helferin!"

Nun liegen die beiden Kinder im Bett. Sie sind die ersten im Zimmer.

„Gute Nacht, Thomas! Schlaf gut!" ruft Heidi hinüber.

„Gute Nacht, Heidi! Ich lasse dich auch einmal auf meinem Pony reiten."

„Du hast ja keines."

„Aber die Mutti bringt mir aus

England eines mit."

„Die jungen Hunde sind aber auch sehr lieb, gelt?"

„Ja, sehr."

Nun liegen alle Kinder. Tante Hedi sagt jedem gute Nacht und zieht ihm die Decke zurecht.

Schlafen schon alle? – Nein, Bimini rutscht von seinem Fenster=

brett. „Guten Abend, Thomas!"

„Guten Abend, Bimini! Erzählst du mir eine Geschichte?"

„Bist du heute ganz brav gewesen?"

„Ich glaube nicht, Bimini. Ich bin trotzig gewesen."

„So will ich der kleinen Heidi die Geschichte erzählen. Vielleicht hörst auch du etwas davon, wenn du gute Ohren hast."

Die Geschichte von der Prinzessin Goldhaar

Da sitzt nun Bimini auf dem Nachtkäst=chen zwischen den beiden Betten. Heidi und Thomas hören zu. Und Bimini erzählt:

Es war einmal eine Prinzessin, die hatte goldenes Haar und ein gutes Herz. Eines Tages saß die Prinzessin am Fenster und ließ sich von ihrer Kam-merfrau kämmen. Dabei blieben drei goldene Haare im Kamm hängen. Der Wind nahm die goldenen Haare auf seine Flügel und trug sie fort.

Das erste Haar trug er zu Mutter Zwiebelinchen in die große Stadt. Mutter Zwiebelinchen saß Tag für Tag und Nacht für Nacht und nähte Hausschuhe. Ihr Mann war gestorben, und sie hatte nicht genügend Geld, um ihren Kindern ausreichend Essen geben zu können. Die Kinder hungerten oft und bettelten auf den Straßen.

Als Mutter Zwiebelinchen das goldene Haar auf dem Fensterbrett fand, dachte sie: „Das kann nur von unserer guten Prinzessin Goldhaar sein! Ich will sehen, ob es wirkliches Gold ist." Sie hielt das Haar ins Feuer, und es schmolz auf ein winziges Goldkügelchen zusammen.

„Ach, wenn wir noch mehr solche Haare hätten, dann hätte alle Not ein Ende", sagte Mutter Zwiebelinchen. Sie dachte nach, wie sie dazu kommen könnte.

Das zweite Haar trug der Wind viel weiter. Bis zum Prinzen Tausend=schön im Lande Rubinien. Als der Prinz das goldene Haar auf der Marmortreppe fand, dachte er: „Das kann nur von der Prinzessin Goldhaar sein. Ich will hinreiten und sie zur Frau nehmen." Er ließ sein Pferd satteln und machte sich auf den Weg.

Inzwischen war Mutter Zwiebelinchen mit ihren zwölf Kindern ins Schloß gekommen. Sie warf sich der Prinzessin zu Füßen und erzählte ihr von ihrem Elend. Die Prinzessin sah auch, wie mager die Kinder waren. Statt der Kleider trugen sie geschenkte Lumpen.

Da nahm die Prinzessin eine Schere schnitt alle ihre Locken ab und gab sie der armen Frau. Wie glücklich war Mutter Zwiebelinchen! Sie dankte der guten Prinzessin und freute sich auf die vielen winzigen Goldklümpchen.

Als am nächsten Tag Prinz Tausendschön angeritten kam, da fand er die Prinzessin ohne Locken. Sie gefiel ihm nicht, und er ritt böse nach Hause.

Die Prinzessin kränkte sich und war recht traurig.

Das dritte Haar, das aber hatte der Wind auf mein Fensterbrett getragen. Und als ich ins Schloß kam und die traurige Prinzessin sah, da sagte ich: „Liebste Prinzessin, kränke dich nicht! Ich brauche deine goldenen Haare nicht, ich sehe nur dein gutes Herz. Und wenn wir warten, dann wachsen die Haare ja wieder nach!"

Und nun ist Prinzessin Goldhaar bei uns! Wenn wir Theater spielen, dann dürft ihr sie sehen. Wirklich!

Ein Traum

Das war eine schöne Geschichte! Thomas sieht die Prinzessin ganz genau vor sich. Die goldenen Locken sind ihr schon wieder nachgewachsen. Sie steht im Garten unter dem Kastanienbaum. Sie klatscht in die Hände. Da trabt ein Pony heran, ein liebes Pony mit einem weißen Fleck auf der Stirn. Prinzessin Goldhaar streichelt das Pferdchen. Das Pony reibt seinen Kopf an ihrem Arm.

Thomas geht hin und streckt schon die Hand aus ... Plötzlich setzt sich die Prinzessin auf das Pferdchen und galoppiert davon. Thomas möchte rufen: „Nicht! Nicht! Bleib da! Das Pony gehört doch mir!" Aber er kann nicht rufen und er kann sich nicht rühren. Er ist wie verzaubert.

Und auf einmal sind da viele Ponys, und auf jedem reitet ein Kind aus dem gelben Haus. Heidi auch. Und am Schluß Bimini. Er steht wie ein Zirkusreiter auf dem Rücken seines Pferdchens und winkt mit seiner bunten Zipfelmütze. Und alle, alle reiten davon... Da weint Thomas sehr.

Der gute Mond

Mitten in der Nacht wacht Thomas auf. „Mutti!" will er rufen. Aber da ist das Zimmer im gelben Haus. Da sind die vielen Betten. Mutti ist weit fort. Aber wo? Ist sie im Zug oder schon auf dem Schiff?

Leise, leise klettert Thomas aus dem Bett und schleicht zum Fenster.

„Bimini! Bimini! Ich möchte so gerne wissen, wo meine Mutti ist!"

„Woher soll ich das wissen? Der Mond, der weiß es vielleicht."

„Aber mit dem Mond kann ich doch nicht sprechen!" jammert Thomas.

Da legt Bimini den Finger an den Mund. Er nimmt Thomas an der Hand, und sie schweben durch das Zimmer, als ob sie Flügel hätten. Die Glastür hält sie nicht auf. Sie fliegen durch, über die Stiege hinunter und durch das Zimmer von Tante Hilde.

Dort hebt Bimini den Telephonhörer ab. Er wählt eine lange Nummer. Bimini fragt: „Ist dort der Mond? Hier ist Bimini aus dem gelben Haus am Berg. Der kleine Thomas möchte gerne wissen, wo seine Mutti jetzt ist. Sie reist nach England."

Die andere Stimme brummt etwas. Dann gibt Bimini Thomas den Hörer. „Hör gut zu!" flüstert er.

Thomas ist sehr aufgeregt. Zuerst hört er nur ein Rauschen, dann spricht eine tiefe Stimme von ganz weit: „Die Mutti von Thomas sitzt im Zug, der in die große Stadt Paris fährt. Sie schläft nicht. Sie hat einen Bogen Briefpapier vor sich. Sie schreibt:

„Mein lieber, kleiner Thomas!
Jetzt schläfst Du. Aber ich denke immer an Dich. Ob Du brav warst? Ob Du Dich mit den Kindern verträgst? Ob Du gar nicht geweint hast? Ich werde morgen über das Meer fahren. Grüße die Tanten und Bimini von mir.

Viele Bussi von Deiner Mutti."

Knacks. Aus. – Jetzt aber rasch wieder ins Bett!

Das Morgenturnen

Auf! Auf! Tante Hedi ist wieder da. Turnen! Waschen! Zähne putzen!

Turnen? Ja, im großen Spielsaal. Das ist immer lustig. Heidi darf mit Annemarie die lange Springschnur halten. Immer höher. Zuletzt springen nur mehr Peter und Thomas. Thomas kann am allerhöchsten springen.

Thomas macht die Rolle durch den ganzen Saal. Wie Bimini kann er das. Thomas hüpft so leicht und leise wie ein Gummiball.

Dann dürfen die kleinen Kinder auf den großen reiten. Thomas trägt Herbert. „Jetzt bin ich ein Pony!" ruft Thomas. Er muß gut achtgeben, daß der kleine Kerl nicht hinunterfällt. Aber Thomas ist sehr geschickt. Herbert lacht und klatscht in die Hände.

Zum Schluß fliegen Maikäfer um die Wette. Thomas ist auch hier wieder der schnellste Käfer.

Heidi ist stolz auf ihren Freund.

Wieder bei Bella

Beim Frühstück sagt Heidi leise zu Thomas: „Heb ein Stück Zucker für Bella auf!"

Thomas nickt und steckt seine beiden Zuckerstücke ein. Der bittere Kakao schmeckt nicht gut. Aber das macht nichts. Thomas denkt: „Wenn ich mein Pony habe, werde ich den Zucker immer für das Pferdchen sparen."

Nun dürfen die Kinder hinaus. Bella freut sich, weil Heidi und Thomas wieder

kommen. Sie bellt lustig und fängt den Zucker aus der Luft. Die Hundekinder purzeln übereinander. Heute haben sie einen alten Schuh zum Spielen. Daran beißen und reißen und ziehen sie. Sie knurren und schnappen, wenn Thomas den Schuh recht fest hält.

Bums, jetzt ist ein Hunderl in die Wasserschüssel gestolpert. Sein Fell ist ganz naß. Es schüttelt sich, daß die Tropfen springen. Heidi trocknet es mit ihrer Schürze ab.

Der Ponystall

Thomas aber entdeckt nun die Gerätekammer hinter der Hundehütte. Sie ist ganz fest aus Holz gebaut. „Das wäre ein feiner Stall für mein Pony", denkt er. Die Tür ist offen, Thomas geht hinein. Ein Fenster hat die Kammer auch. Das Pony braucht ja Licht. Man muß das Werkzeug nur in eine Ecke stellen. Die Kiste da kann die Futterkrippe sein.

Schon beginnt Thomas zu räumen.

Er stellt die Schaufeln und die Rechen zusammen. Die schweren Gießkannen schleppt er vor die Tür. Die haben keinen Platz, wenn das Pony da wohnt. Zum Schluß kehrt er noch ganz sauber aus. Glücklich ruft er: „Schau Heidi, jetzt habe ich auch schon einen Stall für mein Pony!"

Das Theaterstück

Am Nachmittag regnet es. Darum wird nach der Jause Theater gespielt. Heu= te heißt das Stück: „Bimini reist übers Meer."

THEATER ZETTEL
PERSONEN:
WURSTEL
BIMINI
PRINZESSIN GOLDHAAR
KROKODIL
WACKELSCHWANZ
DER
PFERDEHÄNDLER

Es spielen mit: Bimini, die Prinzessin Goldhaar, das Krokodil Wackelschwanz und der Pferdehändler.

Bimini erzählt der Prinzessin von einem neuen Buben im gelben Haus. Er möchte ein Pony haben, aber seine Mutter hat nicht so viel Geld.

Da sagt die Prinzessin: „Ich will mir eine goldene Locke abschneiden. Wirst du dafür ein Pony bekommen?"

Bimini ruft das Krokodil Wackel=
schwanz. Es muß ihn durch das Meer nach England tragen. Wackelschwanz will zuerst nicht. Das Wasser ist ihm zu kalt.

Der Pferdehändler in England lacht über das bißchen Gold. „Ich muß noch zehnmal soviel haben!" sagt er zu Bimini.

Traurig kehrt Bimini nach Hause zurück. Da zählt die gute Prinzessin ihre goldenen Locken. Gerade zehn hat sie noch. Sie will sie hergeben. Schon greift sie nach der Schere ...

Da erschrecken die Kinder.

Thomas springt auf und ruft: „Nein, nicht Prinzessin Goldhaar! Nein! Behalte deine Locken! Du sollst schön sein! Ich brauche das Pony nicht!"

Der Brief an Thomas

Am nächsten Tag sagt der Briefträger zu Tante Hilde: „Hier ist ein Brief für Thomas Winkler. Ist er hier?"

„Ja, freilich!" antwortet Tante Hilde. Sie neigt sich aus dem Fenster und ruft in den Garten: „Thomas!"

„Thomas! Thomas!" schreien die Kinder.

Thomas kommt atemlos gelaufen.

„Ein Brief ist für dich da!" lacht Tante Hilde. Soll ich dir vorlesen, was drinsteht?"

„Das weiß ich ja schon!" sagt Thomas. „Mein lieber, kleiner Thomas! Jetzt schläfst Du. Aber ich denke immer an Dich. . . Morgen werde ich über das Meer fahren. Grüße die Tanten und Bimini von mir. Viele Bussi von Deiner Mutti."

Die Tante hat den Brief aufgeschnitten und wundert sich. Wirklich! Genau das steht in dem Brief. Woher weißt du das, Thomas?"

„Der Mond hat der Mutti zuge=schaut. Er hat mir erzählt, was sie schreibt."

Das kann die Tante nicht verstehen.

Thomas sucht Heidi. Sie setzen sich zusammen unter den Kastanienbaum. Thomas sagt Heidi immer wieder vor, was in dem Brief steht.

Der Brief an Mutti

Nach dem Essen sollen die Kinder schlafen. Thomas möchte der Mutti schreiben. Aber er kann es nicht, er geht ja noch nicht in die Schule. Bimini kann auch nicht schreiben und Heidi auch nicht. Aber Tante Hedi kann schreiben!

Thomas schleicht durch die Glastür. Tante Hedi ist sehr böse. Thomas ist barfuß und wird sich erkälten.

„O liebe, liebe Tante Hedi, schreib mir doch einen Brief an meine Mutti!"

Da nimmt die Tante aus einer großen Mappe ein weißes Blatt. Thomas hockt auf einem Sessel und sagt ihr an:

Meine liebe, liebe, liebe,
gute Mutti!

Ich habe der Prinzessin nicht erlaubt, daß sie sich die Locken abschneidet. Ich brau= che kein Pony. Ich habe Heidi und Bimini. Bimini hat mir eine Geschichte erzählt. Ich weine nicht. Hast Du im Meer einen Haifisch gesehen?

Viele Bussi von mir und von Bimini und von Heidi.

Tante Hedi schreibt die= sen Brief für mich. Ich will bald schreiben lernen. Ich

freue mich schon, wenn Du
wieder zurück bist.

Bussi, Dein

THOMAS

Seinen Namen darf Thomas selbst schreiben. Darüber freut sich die Mutti sicher genauso wie über die Zeichnung. Er darf auch die Marken aufkleben und den Brief in den Postkasten werfen.

Nun dauert es nicht mehr lang, bis Mutti aus England zurückkommen wird.

Kasperls Abenteuer mit Pimpus Lux, dem Meisterdetektiv

Kasperl geht geruhsam durch die Straßen. Er hat Zeit und will ein wenig frische Luft schöpfen. Da begegnet ihm Pimpus Lux. Na, wie der wieder aussieht, denkt der Kasperl. Ein großkariertes Sakko, eine Sporthose, eine fesche Kappe und natürlich seine unentbehrliche Pfeife im Mund.

„Hallo, Kasperl", ruft er schon von weitem, „wie geht es dir?"

„Danke der Nachfrage, mir geht es gut, wie geht es dir?"

„Mir geht es ausgezeichnet", antwortet der Detektiv, „ich habe einen großen Auftrag bekommen!"

„So", sagt der Kasperl, er tut recht uninteressiert. Er kennt den Pimpus Lux schon lange. Ist der ein eingebildeter Detektiv! Der Kasperl hat ihm schon oft aus der Klemme helfen müssen.

Da macht ihm Pimpus auch schon einen Vorschlag: „Möchtest du mir nicht helfen, Kasperl? Es ist eine große Sache, natürlich würde ich die Bezahlung mit dir teilen."

„Da müßte ich erst einmal hören, was das für eine Sache ist, und dann müßte ich es mir erst noch überlegen."

Da wird Pimpus Lux ungeduldig. „So viel Zeit haben wir nicht, wenn du mitmachst, geht es heute abend schon los."

„Na gut, erzähle erst einmal, worum es sich handelt."

Sie gehen in den Stadtpark und setzen sich dort auf

eine Bank. Pimpus Lux berichtet, und der Kasperl hört zu: Im Westen des Landes haust ein berühmter Zauberer. Solange er nur gezaubert hat, hat es niemanden gestört. Aber jetzt will er auf einmal mächtig werden. Er will alle Reiche beherrschen und ist direkt größenwahnsinnig geworden. Daher hat der König Pimpus Lux kommen lassen und ihm befohlen herauszufinden, wo dieser Zauberer überhaupt wohnt.

„Das werde ich ja schnell wissen!" Pimpus Lux ist wieder einmal überzeugt von seinem Können.

„Wozu willst du dann, daß ich mitfahre?" fragt der Kasperl leicht verärgert.

„Wir zwei haben uns doch immer gut verstanden, und außerdem ist es doch zu zweit wesentlich lustiger", sagt Pimpus Lux, und dann fügt er gönnerhaft hinzu: „Du kannst ja von mir noch etwas lernen!"

Aber da muß der Kasperl so lachen, daß er gar nicht mehr ärgerlich ist und dem Detektiv verspricht, daß er mitmacht. So gehen sie zuerst zu Gretel. Der Kasperl muß ihr sagen, daß er mit Pimpus Lux fortgeht und auch einige Sachen mitnimmt. Dann geht er zum Haus des Pimpus, weil dieser auch einiges braucht.

Gemeinsam ziehen sie dann los. Als sie abends schon sehr müde sind, beschließen die zwei, in das nächste Wirtshaus zu gehen und zu schlafen. Aber sie müssen noch lange wandern — nirgendwo ein Dorf oder ein Wirtshaus. Endlich sehen sie Licht durch die Bäume schimmern. Abseits der Straße steht ein altes Haus. Kasperl geht näher und liest das Schild über der Türe: „Gasthaus zur goldenen Kanne". Da muß er lachen: „Nach goldener Kanne sieht das hier aber nicht aus, das ist eine alte Bude."

Pimpus Lux, der schon sehr gejammert hat, klopft heftig an die Türe: „Aufmachen, hier sind noch Gäste!"

Sie hören Schritte, und dann wird die Tür aufgeschlossen. Der Wirt sieht auch nicht anders aus als das ganze Haus. Der Kasperl würde am liebsten wieder gehen, aber Pimpus Lux ist schon eingetreten und verlangt zwei Zimmer zum Übernachten.

„Wünschen die Herrschaften auch zu essen?" fragt der Wirt.

Nein, das wollen sie nicht, sie sind müde und wollen gleich schlafen gehen. Morgen früh um sechs Uhr soll der Wirt sie wecken, denn nach dem Frühstück wollen sie gleich weitergehen.

Kasperl dreht sich unruhig in seinem Bett hin und her. — Manchmal glaubt er Schritte zu hören, manchmal denkt er, es flüstert jemand. Was beide nicht wissen: Der Wirt ist dem Zauberer untertan und muß ihm jeden Fremden melden, der bei ihm einkehrt.

Pimpus Lux hat gut geschlafen und frühstückt mit dem Kasperl aufs beste. „Bin ich froh, daß wir dieses Wirtshaus hinter uns haben", sagt der Kasperl.

„Ach, du hast immer etwas", weist ihn Pimpus Lux zurecht. „Sei nicht so empfindlich. Mein Bett war sehr gut, und daß es nicht elegant war, stört mich nicht." Aber der Kasperl ist auf der Hut. Er ist nicht so leichtgläubig wie Pimpus Lux, er paßt viel besser auf. Und irgend etwas hat nicht gestimmt.

Nach langem Marsch über ein Gebirge kommen sie am nächsten Abend wieder zu einem Wirtshaus.

„Ja, was ist denn das?" fragt der Kasperl, „diese Schenke schaut ja genauso aus wie die von gestern. Sogar das gleiche Schild über der Türe Gasthaus zur goldenen Kanne ist da. Da wäre es doch besser, wenn wir nicht hineingingen!"

„Ach was, das ist ein Zufall, ich habe Hunger und bin müde, laß uns also hineingehen", brummt Pimpus Lux.

Die Türe ist noch offen, und in der Wirtsstube brennt Licht. Eilfertig kommt der Wirt herbei: ,,Guten Abend die Herrschaften, wollen Sie etwas essen?''

,,Natürlich'', erklärt energisch Pimpus Lux, ,,wir wollen essen und auch zwei Zimmer zum Schlafen.''

,,Gewiß, gewiß'', dienert der Wirt und läuft in die Küche.

Nach dem Essen — es war reichlich und gut gewesen — zeigt ihnen der Wirt die Zimmer. Von Kasperls Zimmerfenster sieht man auf die Straße hinaus, das Kammerfenster von Pimpus Lux geht auf den Hof. In dieser Nacht wälzt sich der Kasperl wieder unruhig hin und her. Plötzlich hält er es nicht mehr aus. Leise steht er auf, tastet sich zum Fenster und schaut auf die Straße. Da sieht er gerade noch, wie jemand in einem weiten schwarzen Mantel ins Haus geht. Er hört flüstern, rascheln und eine Tür gehen. Dann verläßt eine Gestalt das Haus. Nun ist Kasperl überzeugt, daß es hier auch nicht mit rechten Dingen zugeht. Er schleicht zu seinem Bett zurück und versucht zu schlafen.

Am nächsten Morgen stehen Pimpus und Kasperl früh auf und frühstücken. Diesmal sagt der Kasperl gar nichts zu Pimpus Lux. Er würde es wieder nicht glauben, und so ist es besser, wenn der Kasperl schweigt.

Es ist Mittag. Wieder ist kein Wirthaus zu sehen. Aber der Kasperl hat eine Quelle entdeckt. Da löschen sie ihren Durst. Dann finden sie noch Beeren, von denen sie eine Unmenge verzehren. Sie merken gar nicht, daß sie sich von der Quelle immer weiter entfernen.

,,Mir wird schon schlecht, aber sie sind so gut, daß ich nicht aufhören kann zu essen'', versichert Pimpus Lux, und dem Kasperl geht es nicht anders: ,,So gute Beeren habe ich schon lange nicht gegessen, ich denke gar nicht daran aufzuhören.'' Und auf diese Weise gehen sie immer weiter in den Wald hinein und haben keine Ahnung mehr, wo sie sich befinden.

Da steht plötzlich der Zauberer vor ihnen. Die beiden waren seinem Schloß schon ganz nahe gekommen. „Was sucht ihr hier", fragt er wütend, „was fällt euch ein, in der Nähe meines Schlosses Beeren zu suchen?"

Pimpus Lux starrt den Zauberer an und bringt kein Wort heraus. Da ist der Kasperl anders. Er läßt sich nicht so schnell einschüchtern. „Was soll da verboten sein! Hier ist ja nicht Ihr Schloßgarten, wo keine Fremden hinein dürfen. Im Wald kann jeder Beeren pflücken."

Da wird der Zauberer noch wütender. „Du Knirps, dich lass' ich doch gleich in den Keller einsperren."

Inzwischen hat sich Pimpus Lux erholt und entschuldigt sich wortreich.

Aber der Zauberer winkt ab: „Ich weiß schon von eurer Reise, man hat es mir berichtet. Ihr habt sofort mein Gebiet zu verlassen. Und laßt euch nie mehr in meiner Nähe blicken. Marsch, geht!"

Da bleibt den beiden nichts anderes übrig, als zu gehen. „Na, wir schauen schön aus", sagt später der Kasperl, „jetzt wissen wir nicht einmal, wo der Zauberer sein Schloß hat. Wir sind beim Beerenessen kreuz und quer gegangen."

„Ich werde das Schloß finden und auch den Zauberer fangen", behauptet Pimpus Lux.

„Ach herrje, gib bloß nicht schon wieder so an. Mir wird ganz schlecht, wenn ich das höre." Der Kasperl schüttelt seinen Kopf. Er kann es nicht vertragen, wenn jemand so angibt.

Am Weg steht eine alte Bank. Da läßt sich der Kasperl nieder und fordert auch Pimpus auf, sich erst einmal zu setzen und zu beraten, was weiter zu tun ist.

„Wir können so nicht heimgehen", meint er, „wir

müssen vorsichtiger sein. Am besten ist es, wenn wir uns anschleichen und auf den Weg aufpassen, damit wir wenigstens genau wissen, wo das Schloß steht.'' Und dann erzählt Kasperl dem Pimpus seine Beobachtungen in den beiden Wirtshäusern. ,,Der Zauberer hat doch gesagt, daß ihm von unserer Reise berichtet wurde. Na also, das waren sicher die beiden Wirte. In der zweiten Nacht habe ich eine schwarze Gestalt aus dem Haus gehen sehen, das war sicher der Zauberer.''

,,Larifari'', Pimpus Lux will alles besser wissen. ,,Ich werde nicht nur herausbekommen, wo das Schloß ist, sondern auch den Zauberer fangen'', prahlt er.

,,Oweh, ich bekomme Bauchweh, wenn einer so von sich eingenommen ist'', schreit der Kasperl.

Schließlich machen sich beide auf den Weg zurück, wo sie hergekommen waren. Kasperl paßt scharf auf. Er schaut nun nach den Bäumen und merkt sich genau die Richtung. Auch die Vögel läßt er nicht außer acht. Er beobachtet, daß ihnen schwarze Vögel folgen, und da ist er überzeugt, daß sie auf dem richtigen Weg sind. Und wirklich, nach einer Weile weitet sich der Blick. Sie stehen auf einer Lichtung, und direkt ihnen gegenüber steht das Schloß. Es ist grau, und dieselben schwarzen Vögel, die ihnen das letzte Stück Weges gefolgt waren, umschwirren das Schloß.

,,Nun müssen wir aufpassen'', flüstert der Kasperl, ,,daß es uns nicht mehr so geht wie vorhin. Am besten ist es, wenn wir uns trennen.''

,,Das ist vollkommen richtig'', sagt laut Pimpus Lux, obwohl der Kasperl gleich ,,psst'' macht. ,,Du gehst rechts und ich gehe links.''

Der Kasperl hält es für besser, nichts mehr zu reden, und leise geht er weiter. Bald verliert er Pimpus aus den Augen. Niemand sieht ihn. Schon ist er hinter dem

Schloß. An der Rückseite entdeckt er eine steile Steintreppe. Er klettert hinauf, schwingt sich über die Mauer und befindet sich in einem Burghof. Da hört er lautes Schreien. Suchend sieht er sich um und versteckt sich schnell in einer Waschküche. Hoffentlich kommt keine Magd zum Waschen, denkt er noch, da geht das Geschrei in nächster Nähe weiter.

„Du Gauner, du Schuft, du hergelaufener Wicht, ich werde dich lehren, hier weiter zu schnüffeln." Vorsichtig späht der Kasperl durch eine Ritze in der Türe. Das ist ja der Zauberer, der den Pimpus am Kragen hält. „Wache, Wache", und schon kommen Wächter gelaufen, „sofort mit ihm in den Turm." Das klägliche Jammern von Pimpus Lux und seine Entschuldigungen gehen im Lärm unter.

Das war arg, denkt der Kasperl, was mache ich jetzt? Soll ich versuchen, dem Pimpus zu helfen? Aber dann kommt uns der Zauberer aus. Da ist es schon besser, ich gehe in die Stadt zurück und zeige den Wachen unseres Königs den Weg. So vorsichtig wie nur möglich klettert der Kasperl wieder zurück über die Mauer. Dann schnell die Steintreppe hinunter; ein Glück, daß er sich den Weg so genau gemerkt hat.

Der König will es nicht glauben, was ihm der Kasperl erzählt. „Ach, hätte ich doch nur nicht den Pimpus Lux geschickt. Aber nun ist es nicht mehr zu ändern. Kasperl, du mußt meine Wachen zum Schloß führen, damit sie den Zauberer fangen."

So geschieht es auch. Die Wachen umwickeln ihre Füße und die Hufe der Pferde mit alten Tüchern, damit man sie ja nicht hört. Den beiden Wirtshäusern weichen sie im großen Bogen aus. Der Kasperl orientiert sich wieder an den Bäumen und den Vögeln. Am zweiten Tag läßt er anhalten, und alle ruhen sich noch aus, um sich erst in den frühen Morgenstunden anzuschleichen.

Nun hat der Zauberer glücklicherweise am vorhergehenden Abend viel Wein getrunken und schläft daher tief und lang. Er wird erst wach, als seine Wächter rufen: ,,Halt, wer da?''

Aber da sind die Wachen des Königs schon im Schloß und nehmen den Zauberer gefangen.

Kasperl muß jetzt Pimpus Lux suchen und ihn befreien.

,,Führe mich zu dem Gefangenen im Turm'', befiehlt er einem Wächter. Im Turm gehen viele Treppen hinunter und es ist stockfinster. So kann der Kasperl den Pimpus lange nicht finden.

,,Na, daß du endlich da bist, das hat aber lang gedauert'', brummt Pimpus Lux.

Das ist dem Kasperl zu bunt: ,,Deine Schuld ist es doch, daß du hier im Turm sitzt. Wenn ich so dumm gewesen wäre wie du, säßen wir beide hier, und niemand würde uns retten. Ich habe die Wachen des Königs geholt, und wir haben sogar den Zauberer gefangen. Aber wenn wir schon hier sind, können wir gleich die anderen Gefangenen herauslassen. Wer weiß, wer da noch eingesperrt ist.''

So machen sie es auch. Als alle Gefangenen befreit sind, sperrt der Kasperl alle Tore im Schloß ab.

Ein langer Zug macht sich auf und wandert zwei volle Tage in das Königreich. Der Zauberer muß scharf bewacht werden, denn er will immer wieder ausbrechen. Die beiden Wirte läßt der Kasperl auch gleich mitnehmen, denn sie stecken ja mit dem Zauberer unter eine Decke.

Pimpus Lux hat wieder sein großes Mundwerk gefunden: ,,Da staunt ihr, daß ich den Zauberer gefangen habe.''

Aber alle wissen, daß er nur wieder angibt. ,,Hahaha'',

lachen sie, „das würde dir so passen. Wenn der Kasperl nicht gewesen wäre, der dich aus dem Turm befreit hat, wärst du jetzt noch eingesperrt." Und immer wieder lachen sie ihn aus.

Der König ist sehr froh, denn ihm hat der böse Zauberer schon große Sorgen bereitet. Der Kasperl erhält seine Belohnung und viele Golddukaten dazu.

Und Pimpus Lux sagt zum König: „Na, wie habe ich das gemacht?"

Aber der König lächelt milde und meint: „Du kannst das Angeben nicht lassen, gelt, Pimpus Lux. Sei froh, daß dich der Kasperl gerettet hat."

Das macht dem Pimpus gar nichts. Jedem, der ihm zuhört, erzählt er von seinen Heldentaten, wie er dem Kasperl geholfen hat.

Kasperls Abenteuer mit Pimpus Lux und dem Burggespenst

Mitten im Tal steht ein Berg mit einer wunderschönen Burg darauf. Sie hat viele Türme und Erker, und an der Hauptfront befindet sich ein großer Altan. Rundherum in den Blumenkästen blühen die schönsten Geranien, Petunien, Fuchsien und Hängenelken. Dazwischen stehen Bänke, von denen aus man den schönsten Blick ins Tal hat.

Natürlich gehört zu dieser Burg auch ein Burggespenst. Aber leider bereitet gerade dieses Gespenst großen Kummer und Sorgen. Ein Burggespenst muß natürlich auf seiner angestammten Burg bleiben. Aber dieses Burggespenst ist übermütig geworden. Es saust herum, wo es gar nichts zu suchen hat, zum Beispiel im Schulhaus oder in der Konditorei. Es wird nicht mehr lange dauern, und es wird sogar im Königsschloß auftauchen. Das muß verhindert werden, und dem Gespenst muß klargemacht werden, daß es nur auf der Burg geistern darf.

Neulich hat es sogar in mehreren Bauernhäusern gegeistert: Der Huberbauer liegt gerade im tiefsten Schlaf, als er ein Geräusch hört. Er steht auf und schleicht in das Treppenhaus. Da hört er es genau: ein Summen — sssss, sssss —, dann ein Schleifen, wie wenn ein langes Gewand über den Boden schleift. Ihm wird ganz ängstlich zumute. Leise geht er weiter. Da wird die Haustür aufgerissen, und herein poltert der Sohn vom Nachbar Lehner. ,,Du wirst uns nicht alle aufwecken'', schreit der und stürzt sich auf den Huberbauer, um ihn gründlich zu verhauen.

,,Was ist denn, laß doch los'', brüllt der, ,,ich hab' euch doch nicht geweckt! Ich bin doch selbst durch ein Geräusch wach geworden.''

Sofort hört der Lehner auf, den Huber zu verprügeln, und fragt ganz entsetzt: ,,Du bist auch von einem Geräusch aufgewacht?''

,,Freilich'', sagt der Huberbauer, ,,zuerst hat es immer sssss, sssss gemacht, und dann war es, als ob Kleider über den Boden schleifen.''

,,Genauso war es bei uns. Jetzt fällt es mir ein. Die Leute sagen doch, das Burggespenst geht um. Vielleicht geht es gar schon in den Bauernhäusern um?''

,,Das fehlte gerade noch'', brummte der Huberbauer, ,,ich werde Fliegenleim aufstreichen, damit es das nächstemal hängenbleibt.''

Da verspricht der Lehner, daß er das auch machen wolle, und ,,im übrigen,'' sagt er, ,,sei nicht bös', daß ich dich verhauen wollte, es war nicht so ernst gemeint.''

Das wäre ja schrecklich, wenn die guten Nachbarn böse aufeinander würden.

Was so ein Burggespenst anrichten kann, ist nicht zu glauben! Ein paar Tage herrschte Ruhe. Der Bürgermeister atmet auf, er hofft, daß alles gutgeht und daß das Gespenst auf der Burg bleibt. Aber dann geht es wieder los. Diesmal im Schulhaus.

Dort wohnt im obersten Stock der Herr Lehrer mit seiner Familie. In den beiden unteren Stockwerken sind die Schulzimmer. Da gefällt es dem Burggespenst ganz besonders gut. Es nimmt einen großen Schwamm und macht ihn naß. Der Lehrer hat für die erste Stunde am Morgen auf der Tafel Zeichnungen und Erklärungen vorbereitet.

Hui, fegt das Gespenst mit dem nassen Schwamm darüber, und noch einmal hui, das geht wunderbar, hui, noch ein drittes Mal geht es über die Tafel. Das Wasser rinnt schon herunter, und alles, was auf der Tafel stand, ist weg. Dann geht es in das nächste Schulzimmer. Da steht ein voller Papierkorb. Voll Freude nimmt das Gespenst den Korb, dreht ihn um und verteilt alles auf dem Boden.

Wie schaut es im Zimmer aus! Und nun noch weiter hinaus. Die bunten Tafelkreiden haben es dem Gespenst angetan. Damit fährt er über die Tafel, rot, blau, grün, gelb. Wenn da der Lehrer am Morgen kommt, kann er gar nichts mehr auf die Tafel schreiben. Die muß erst gründlich gereinigt werden. Das macht sicher den Kindern Spaß, aber die Lehrer sind wütend.

Für den Bürgermeister ist das keine einfache Sache. Der Herr Oberlehrer kommt am Nachmittag in das Bürgermeisteramt und beschwert sich über die Vorfälle in der Nacht.

„Aber was soll ich denn machen?" fragt der Bürgermeister. „Ich habe jeden Tag Beschwerden und weiß mir selbst keinen Rat."

„Das ist Ihre Sache", hochmütig geht der Herr Oberlehrer fort, kaum, daß er noch grüßt, so wütend ist er.

Wieder geschieht ein paar Tage nichts. Dann erwischt es die Konditorei. Die Gesellen haben Torten und Kuchen zubereitet, da der erste große Ball nach Weihnachten stattfinden soll. Das ist eine tolle Sache für ein Gespenst. So eine lange Reihe der herrlichsten Dinge! Und da stehen auch noch kleine Gefäße mit Resten von Zuckerwasser, Schokoladenüberguß oder Nußcreme. Schnell ergreift das Gespenst den Pinsel und macht überall dort Schokoladetupfer, wo sie gar nicht hingehören. Die schönen Marzipanblumen schauen aus, als ob ein Schokoladeregen auf sie herabgeprasselt wäre. Und die Kuchen, die mit dem Zuckerguß betupft worden sind, schauen aus, als ob es auf sie geschneit hätte.

Eine Weile fegt das Gespenst noch im Haus herum. Es klebt noch Nußcreme auf das Treppengeländer, stößt eine Schale mit rosa Zuckerguß um, und zum Schluß läßt es die Fenster offen, damit es gehörig zieht.

Den armen Bäckermeister trifft fast der Schlag, als er am nächsten Morgen in seine Backstube kommt. Auch die Gesellen stehen stumm herum, so entsetzt sind sie über alles, was geschehen ist.

Aber auch in diesem Fall weiß der Bürgermeister keinen Rat. Er hat schon Angst vor den Beschwerden, bevor er noch in sein Amt kommt. Wahrscheinlich denkt das Gespenst, daß Abwechslung sein muß, und kommt als nächstes zum Schneider. Der hat einen Mantel für den Bürgermeister zu machen. Der Geselle hat den Mantel über eine Schneiderfigur gehängt, nachdem er ihn sachkundig gebügelt hatte. Außerdem liegen noch eine Menge Hosen und Westen herum, die fertiggenäht werden müssen. Im ganzen Haus ist es totenstill. Alles schläft.

Sssss, macht es wieder, aber diesmal wacht niemand auf. In die Schneiderstube fällt ein Lichtschein von der Straße herein. Das Gespenst findet es hier genauso herrlich wie in der Konditorei. Im Nadelkissen steckt eine Nadel mit einem langen schwarzen Faden. Schnell her damit! Die Nadel fährt in die Ärmel hin und her, hin und her, im Nu sind die Ärmel zugenäht. Hei, das wird ein Spaß, wenn der Bürgermeister seinen Mantel probieren will.

Und da ist ja eine Schere! Ritsch, ratsch geht es durch die Hosen, und schon schauen alle aus, als ob sie Kinderhosen wären. Schnell noch die Stecknadeln ausgestreut, damit der Lehrling am nächsten Tag auf dem Boden herumrutschen kann. Hui — ist das Gespenst wieder fort.

Als am nächsten Tag auch noch der Schneider kommt,

um sich zu beschweren, wird es dem Bürgermeister zuviel. „Ich halte es nicht mehr aus", tobt er in seinem Haus. „Jetzt muß etwas geschehen. Wer könnte mir nur helfen?"

Da gibt ihm endlich der Kanzleidiener einen guten Rat: „Rufen Sie doch den Kasperl oder den Pimpus Lux, denen wird schon etwas einfallen."

„Warum sagst du das erst jetzt!" brüllt der Bürgermeister. „Das hättest du schon längst sagen können, du Blödian, du dummer"!

Er weiß gar nicht mehr, was er sagt, so ist er mit den Nerven fertig. „Sofort hol die beiden, vorwärts", und der Kanzleidiener rennt, was er kann, denn heute ist es besser, man geht dem Bürgermeister aus dem Weg.

Zum Glück trifft er den Kasperl und den Pimpus Lux zu Hause an, und beide kommen auch gleich mit ihm. Der Bürgermeister ist froh, die beiden zu sehen, und schöpft doch wieder Hoffnung, daß alles gut wird. Kasperl ist gleich bereit zu helfen. Pimpus Lux macht sich natürlich wieder wichtig.

„Ich weiß nicht, ob es uns gelingen wird, das Gespenst zu fangen. Das ist eine schwierige Aufgabe. Es müßte natürlich auch gut bezahlt werden!"

„Na, zuerst müssen wir einmal etwas tun", weist ihn der Kasperl zurecht, „vielleicht ist es gar nicht so schwer. Das Gespenst ist nur übermütig."

„Ihr bekommt selbstverständlich eine große Belohnung", verspricht der Bürgermeister, „aber bitte, macht euch gleich auf, ich halte die Beschwerden schon nicht mehr aus!" So kommt es, daß der Kasperl wieder einmal mit Pimpus Lux aufbrechen muß.

„Am besten wird es sein, wenn wir uns am späten Abend treffen", sagt Pimpus Lux. „Aber nein, da ist das Gespenst schon auf dem Weg", widerspricht der Kasperl.

Sie können sich nicht einigen. Sie wissen nur eines genau, daß es das Gespenst von der Burg über ihrer Stadt ist.

Schließlich gibt der Kasperl nach, und sie verabreden sich für den späten Abend. Der Mond scheint schon durch die Bäume, als die beiden zur Burg gehen. Das Gespenst hat sie aber bereits erblickt. Es versteckt sich im Rauchfang, und als die beiden im Burghof stehen, geht es los. Da rumpelt es gewaltig, dann heult es, daß man meint, es wäre ein ganzes Rudel Wölfe. Dann wieder Stille, Kasperl und Pimpus hören nur ihren eigenen Atem.

Auf einmal geht es wieder los. Es hört sich an wie polternde Steine. Pimpus Lux duckt sich unwillkürlich, weil er Angst hat, ihn könnte ein Stein treffen. Plötzlich blinken Lichter hinter den Fensterscheiben auf, erlöschen, leuchten wieder. Dann blinkt es in raschem Tempo auf, ab, auf, ab, auf, ab.

„Das ist ja eine wunderbare Vorstellung", meint der Kasperl. Da wird der Pimpus zornig. „Sei ruhig", herrscht er den Kasperl an, „merkst du denn nicht, daß es alles tut, um uns loszuwerden? Was sollen wir machen?"

„Ich schau' mir das noch in aller Ruhe an. Später können wir nachdenken, was wir tun."

Pimpus Lux regt sich über den Kasperl auf. Seine Ruhe macht ihn wahnsinnig. „Ich gehe", sagt er wütend, „es ist doch lächerlich, sich das anzuschauen."

„Wie du meinst", der Kasperl bleibt stehen und schaut, ob es weitergeistert. Pimpus Lux geht wirklich.

Plötzlich hört es auf zu geistern. Kasperl wundert sich, dann fällt ihm ein, daß der Pimpus in die Burg gegangen ist. Wahrscheinlich hat ihn das Gespenst entdeckt. So war es auch.

Pimpus Lux geht durch die Burgräume. Es ist ihm nicht gerade wohl dabei. Nirgends kann man Licht machen. Im Mondschein sehen die Bilder an den Wänden aus, als ob sie leben würden. Wenn in einer Ecke eine Ritterrüstung steht, erschrickt er, weil er glaubt, es steht ein Ritter da. Manchmal denkt er, er hätte sich nicht dazu bereit erklären sollen, das Gespenst zu fangen.

Nun hört er wieder die Geräusche. Sssss, sssss, dann das Schleifen von Kleidern auf dem Boden. Auf einmal ein wüstes Geheul. Pimpus Lux läuft es eiskalt über den Rücken. Da sieht er eine Truhe in der Ecke. Sie ist sehr groß, bestimmt aus dem Mittelalter, wo die Leute ihre Kleider darin aufhoben. Da will sich Pimpus hineinlegen, damit ihn das Gespenst nicht findet.

Vorsichtig macht er den Deckel auf — hui, hui, kreischt es, und das Gespenst fliegt an ihm vorbei. Vor Schreck fällt Pimpus in die Truhe, der Schlüssel dreht sich um, und Pimpus Lux kann nicht mehr heraus. Hoffentlich findet mich der Kasperl, denkt er. Dann versucht er seine Lage etwas zu verbessern, denn er liegt ganz krumm da, und das hält er nicht lange aus.

Als der Kasperl so lange nichts mehr hört und auch der Pimpus nicht mehr auftaucht, macht sich der Kasperl auf den Weg und geht ebenfalls in die Burgräume. Aber nichts stört ihn. Es ist alles still. Zum Glück ist der Kasperl nicht so ängstlich wie der Pimpus Lux. Er schaut überall nach, sogar hinter die Rüstungen, ob er ein Gespenst sieht.

Endlich kommt er in den Saal, wo der Pimpus in der Truhe liegt. Da hört er ein Rumoren. Halt, denkt er, da ist etwas, und lauscht angestrengt. Dann ruft er leise: „Pimpus, bist du da?" Nichts. Etwas lauter: „Pimpus, bist du da?" Danach hört er wieder ein Rumoren, da schreit er dann laut: „Pimpus, bist du da?" Endlich hört er ihn. „Wo bist du denn?"

„In der Truhe", brüllt der Pimpus, als ihn der Kasperl ein paarmal nicht versteht. „Ich werde dir aufmachen", verspricht der Kasperl.

Aber das ist gar nicht so leicht. Der riesige Schlüssel, der im Schloß der Truhe steckt, läßt sich überhaupt nicht bewegen. Der Kasperl rüttelt hin und her, stellt sich vor die Truhe, setzt sich darauf, nichts rührt sich. Mit einem langen Gegenstand müßte es gehen, denkt der Kasperl und sucht am Kamin nach einem Schürhaken. Zum Glück liegt da einer. Den nimmt der Kasperl, steckt ihn durch den Griff des Schlüssels, und endlich läßt sich der drehen. Nun kann der Kasperl aufsperren.

„Was hast du nur wieder gemacht?" fragt der Kasperl, aber der Pimpus ist nicht etwa kleinlaut, sondern er brüstet sich ganz frech: „Beinahe hätte ich das Gespenst gehabt."

„Ja, so sieht das aus, wenn man ein Gespenst gefangen hat", lacht spöttisch der Kasperl, „nun wirst du das machen, was ich sage. Wir werden uns jetzt hier verstecken, denn es ist anzunehmen, daß das Gespenst noch einmal hereinkommt, um zu sehen, was du machst."

So geschieht es auch. Kasperl und Pimpus verstecken sich hinter den Vorhängen und warten. Sie warten — sie warten. Schließlich dämmert der Morgen. Hundemüde stolpern sie heimwärts.

Ja, was ist denn das? Am Stadtbrunnen stehen aufgeregt die Bewohner und debattieren miteinander.

In der Nacht war das Gespenst beim Schuster gewesen! Wie das? Der Kasperl kann es nicht fassen. Das Gespenst hat den Pimpus in die Truhe eingesperrt und ist dann lustig in die Stadt gezogen, um wieder etwas anzustellen. Kasperl und Pimpus Lux standen inzwischen hinter den Vorhängen und warteten auf das Gespenst! So eine Schande! Beide schleichen weg, nur um niemanden zu sehen, und legen sich ins Bett, um zu schlafen. Kasperl hat nicht einmal das Frühstück angerührt, das ihm die Gretel hingestellt hat. Er schämt sich gewaltig.

Am nächsten Abend gehen Kasperl und Pimpus Lux wieder auf die Burg. Diesmal macht der Pimpus keine eigenen Spaziergänge. Sie sprechen laut, damit das Gespenst sie beide hört. Dann verstecken sie sich wieder in dem Saal, wo die Truhe steht. Wieder versucht das Gespenst, die beiden zu erschrecken. Es rumort, es rumpelt, es stöhnt und schreit, aber diesmal fällt keiner darauf herein.

Auf einmal kommt das Gespenst angeschwirrt. Es will in die Truhe hineinschauen und macht den Deckel auf. Es beugt sich ganz hinein, der Kasperl springt herbei, ein Stoß, den Deckel zu, und nun ist das Gespenst selbst gefangen.

Der Kasperl setzt sich gemütlich auf die Truhe und sagt dem Gespenst gehörig seine Meinung: Was ihm eigentlich einfällt, alle zu erschrecken und so viel zu ruinieren. Ein Gespenst hat in seiner Burg zu bleiben. Es darf auf keinen Fall in die Umgebung fliegen und dort Unfug stiften. Das Gespenst poltert ganz gewaltig in der Truhe, und man merkt, es ist gar nicht mit dem einverstanden, was ihm der Kasperl sagt. Aber der Kasperl redet weiter.

Auch Pimpus Lux läßt sich vernehmen und tut empört. Nachdem er in der Truhe gefangen war, ist er besonders aufgeregt und schimpft drauflos. Schließlich will der Kasperl alldem ein Ende machen und sagt zum Gespenst: „Jetzt höre mir einmal gut zu. Du brauchst nicht in der Truhe zu bleiben, wenn du versprichst, nur mehr in der Burg zu geistern. Weiters mußt du versprechen, dich nie mehr aus der Burg zu entfernen, um Unfug zu stiften und Sachen zu ruinieren. Versprichst du das?"

Dem Gespenst tut es sehr leid, daß es das versprechen muß. Es war so lustig, so viel anstellen zu können. Aber in der Truhe ist es auch nicht auszuhalten. Da ist es schon besser, alles zu versprechen. Und es weiß genau: Wenn der Kasperl etwas sagt, dann gilt das auch. Der macht keine Sprüche wie der Pimpus. Also verspricht das Gespenst feierlich, in Zukunft auf der Burg zu bleiben und wirklich nur mehr dort zu spuken. Da schließt der Kasperl die Truhe auf, und hui ist das Gespenst fort.

Kasperl und Pimpus Lux machen sich auf den Weg in die Stadt. Sie können dem Bürgermeister versichern, daß der Spuk vorbei ist und daß sich kein Gespenst mehr in der Stadt sehen lassen wird.

„Ja", sagt Pimpus Lux, „das haben wir wieder großartig gemacht, wie wir das Gespenst gefangen haben." Er hatte schon wieder vergessen, daß er es war, der in der Truhe gesteckt ist.

Der Bürgermeister verspricht ihnen feierlich: Wenn der große Ball eröffnet wird, bekommen Kasperl und Pimpus Lux ihre Belohnung vor allen Bewohnern! Das haben sie verdient. Kasperl schmunzelt, sagt aber nichts. Doch die Kinder lassen sich nicht täuschen, sie lachen den Pimpus gehörig aus, weil er schon wieder behauptet hat, daß er alles allein getan hat. Und als er hochmütig sagt: „Ohne mich wäre das nicht geglückt", da lachen sie ihn noch mehr aus.

Die Zauberkugeln

In manchen Gegenden gibt es noch große Not. Wenn der Boden karg ist oder Unwetter die Ernte vernichten, dann kann es sein, daß die Leute nicht einmal mehr genug zum Essen haben.

Vor langer, langer Zeit ist wieder einmal so viel Elend über die Menschen gekommen. In der Stadt ist es nicht so arg gewesen, aber trotzdem haben Kasperl und Seppl davon gehört. Sie haben daher beschlossen, in das Gebirge zu wandern und sich umzusehen, wieweit die Gerüchte der Wahrheit entsprechen.

Lange müssen sie wandern. Erst das Gebirge übersteigen und dann durch einen tiefen Wald gehen, bis sie endlich in einer weiten Ebene anlangen. Aber wie sieht es da aus!

Kasperl und Seppl sind ganz entsetzt. Durch mehrere Unwetter sind die Flüsse aus ihren Ufern getreten und haben alles überschwemmt. Bäume sind entwurzelt, und auf den Feldern ist nichts mehr zu sehen. Wo Getreide hätte stehen sollen, ist nur Schlamm. Es ist ganz furchtbar.

Die beiden gehen weiter, um in das nächste Dorf zu gelangen. Mühsam, immer wieder durch Wasserläufe oder Steine unterbrochen, setzen sie ihren Weg fort. Endlich kommen sie zu einigen Häusern. Dort treffen sie Bauern, die gerade Schaufel und Rechen nehmen, um mit dem Wegräumen anzufangen. Das angeschwemmte Holz, der Schlamm und die Steine müssen erst weggebracht werden, bevor wieder gesät werden kann.

Kasperl und Seppl erkundigen sich freundlich, wie es

geht. Ach, da hören sie viel Jammer und Elend. Die Leute haben schon fast nichts mehr zu essen, da die Vorräte teilweise verbraucht sind, teilweise durch Überschwemmungen vernichtet wurden. Niemand hilft ihnen.

Am allerschlimmsten ist aber der Burgherr, der oben in der großen Burg lebt. Er will die Pacht haben, die die Bauern für das Land zahlen müssen. Aber woher sollen sie die nehmen, wenn alles verwüstet ist? Der Burgherr ist in Wirklichkeit ein Raubritter, der vorüberziehende Reisende überfällt. Er ist gar grausam und nimmt jedem alles weg; er kennt kein Mitleid.

Die Pacht müssen die Bauern in Naturalien bezahlen, das heißt, sie müssen Getreide, Kartoffeln und Gemüse an den Burgherrn abliefern. Als sie den Burgherrn auf ihre Lage aufmerksam machen, sagt er nur in barschem Ton: ,,Das ist mir gleich, ihr habt eure Pacht zu liefern oder ihr verlaßt eure Höfe.'' Damit ist für ihn die Angelegenheit erledigt.

Ja, da wissen der Kasperl und der Seppl auch keinen Rat. Aber der Kasperl will die guten Leute doch trösten und verspricht ihnen, daß er nachdenken wird, und er hofft, daß ihm etwas einfällt, was ihnen helfen könnte.

So marschieren die beiden schweigsam zurück in ihre Stadt. Die Gretel wartet schon ungeduldig mit dem Essen. Und da erzählt der Kasperl von der Not der Menschen über dem Gebirge und daß er ihnen helfen möchte. Die Großmutter schüttelt den Kopf. So eine Gemeinheit! Anstatt den Menschen zu helfen, verlangt der Burgherr noch den Pachtzins!

Auf einmal sagt die Großmutter: ,,Kasperl, kannst du dich nicht erinnern? Vor langer Zeit hat es doch die Zauberkugeln gegeben. Wo die hingerollt sind, war ein Goldschatz vergraben. Wenn du die finden könntest!''

,,Ja, das ist wahr. Das ist eine Idee!''

„Nur langsam", dämpft die Gretel die Begeisterung. „Zuerst mußt du dem Seppl Bescheid sagen. Und dann mußt du dir überlegen, wer dir helfen kann, die Zauberkugeln zu finden."

Die Gretel hat wieder einmal recht. Es hat keinen Zweck, wild draufloszurennen. Nach dem Essen geht der Kasperl in den Garten, setzt sich unter seinen Lieblingsbaum und denkt nach. Plötzlich ist er eingeschlafen.

Er hat einen aufregenden Traum. Er sieht sich auf einer Wiese sitzen, umgeben von lauter Birken. Da schwebt eine Fee herbei, die mit der rechten Hand in die Mitte der Wiese deutet. Dann verschwindet sie wieder.

„Kasperl, Kasperl!" Der Kasperl reibt sich die Augen. Was ist das? Wo ist er?

„Kasperl, wirst du denn gar nicht munter, so wach doch auf!" Die Gretel schüttelt ihn gehörig, endlich ist er wach.

„Ich habe geschlafen."

„Das habe ich bemerkt", lacht die Gretel, „komm, es gibt Kaffee und Kuchen."

Der Kasperl steht auf und geht ins Haus. Und dann erzählt er von seinem Traum. Aber wo ist diese Wiese? sinniert er. An die kann ich mich gar nicht erinnern, ich glaube nicht, daß ich sie schon gesehen habe.

Gedankenverloren kaut er an seinem Kuchen. Selbst die Großmutter kann ihm nicht helfen. Da beschließt der Kasperl, wenn er mit seinem Kaffee fertig ist, zum Seppl zu gehen. Vielleicht hat der eine Idee. Aber auch der Seppl weiß nicht, wo so eine Wiese sein könnte. Aber der Kasperl läßt nicht locker. Immer wieder stellt er sich die Wiese vor, die von lauter Birken umgeben ist.

„Weißt du was", sagt er zum Seppl, „wir machen uns einfach auf und gehen wieder ins Gebirge, vielleicht finden wir da so eine Wiese. Ich habe deutlich gesehen, wie die Fee in die Mitte dieser Wiese gedeutet hat. Ich glaube bestimmt, daß da die Wunderkugeln versteckt sind."

Am nächsten Morgen machen sich Kasperl und Seppl auf den Weg. Es ist herrliches Wetter. Zum Glück ist es nicht zu heiß, sodaß die beiden gut vorankommen. Nach ein paar Stunden machen sie Rast. Kasperl hat eine Quelle entdeckt. Das Wasser schmeckt gut und erfrischt, weil es ziemlich kalt ist. Sie essen ihre Brote und ruhen sich aus.

Kasperl läßt seinen Blick schweifen und meint zum Seppl: „Eine schöne Gegend ist das hier. Schau, da ist ein hohler Baum." Der Seppl, neugierig wie er ist, läuft gleich hin und steigt in den hohlen Baum.

„Kasperl, Kasperl", schreit er, „der Baum ist riesig, ich kann darin stehen." Da erhebt sich auch der Kasperl und schaut in den hohlen Baum. „Geh doch einmal weiter, Seppl, da geht es doch schräg hinunter."

Der hohle Baum ist so groß, daß beide darin Platz haben. Sie rutschen ab, stolpern über Baumwurzeln, und auf einmal sind sie so tief unten, daß sie nicht einmal mehr den Himmel sehen. Komisch, sie fühlen aber gar keine Angst. Im Gegenteil.

Da dringt ein Lichtschein herein, die beiden kriechen unter den Wurzeln durch und da... ist diese Wiese, die der Kasperl im Traum gesehen hat! Wunderbar stehen die Birken im Kreis. Blumen über Blumen wachsen auf der Wiese. Es ist eine Pracht, das anzusehen.

„Gehen wir weiter", mahnt der Kasperl. „In der Mitte muß etwas sein, da laß uns hingehen." Sie gehen vorsichtig weiter. Genau in der Mitte erhebt sich ein kleiner Erdhaufen, genau wie ein Maulwurfshügel. Da fängt der Kasperl zu graben an. Plötzlich hat der drei Kugeln in der Hand.

,,Potz Blitz!" freut er sich. ,,Das ist aber schnell gegangen. Das müssen die Zauberkugeln sein." Er steckt sie in seine Hosentasche.

Der Seppl ist ganz überwältigt. Er ist glücklich, daß sie die Zauberkugeln gefunden haben. Noch einmal schauen sie sich um. Vielleicht läßt sich die Fee blicken, aber nichts ist zu sehen. Nur die schöne Wiese mit den leuchtenden Blumen, umgeben von den Birken, liegt vor ihnen. Schweigend machen sie sich auf den Heimweg. Sie klettern durch ein Gestrüpp, in dessen Mitte die Baumwurzeln des hohlen Baumes sind. Leicht finden sie heraus.

,,Da haben wir Glück gehabt", meint schließlich der Seppl, ,,und was machen wir weiter?"

,,Gleich morgen geht es zu den armen Bauern. Vielleicht haben wir wieder Glück, und die Zauberkugeln rollen zu einem Goldschatz. Dann können die Bauern ihre Pacht bezahlen. Dieser habgierige Burgherr wird sicher auch Goldstücke nehmen, und die Bauern können sich Nahrungsmittel kaufen", erklärt der Kasperl seinem Freund.

Am nächsten Tag wandern sie wieder fort. Eigentlich hätten sie sich gern einen Tag ausgeruht, aber sie wollen die Armen nicht länger warten lassen. Es ist wieder der lange Weg, den der Kasperl zum zweitenmal geht: über das Gebirge, durch einen tiefen Wald und dann in der Ebene noch ein paar Stunden.

Die Bauern freuen sich, als sie den Kasperl und den Seppl sehen. Sie haben gar nicht mehr gehofft, daß sie wirklich noch kommen.

,,Es sieht ja nicht mehr so arg aus," sagt der Kasperl, ,,ihr habt schon viel aufgeräumt!"

Nun erzählen sie, daß der Burgherr schon da war und sie zur Eile angetrieben hat. Er hat nichts davon gesagt, daß er ihnen helfen will. Im Gegenteil, er hat ihnen gedroht, sie zu vertreiben, wenn sie nicht bald wieder anbauen.

Da holt der Kasperl die Zauberkugeln hervor und erklärt ihnen, was es mit diesen auf sich hat. Neugierig drängen sie sich vor, um die Zauberkugeln zu sehen. Aber niemand glaubt, daß es in diesem Gebiet vergrabenes Gold gibt.

„Wir müssen es versuchen", bestimmt der Kasperl und läßt gleich die Kugeln rollen. Nichts geschieht. Sie rollen auseinander, und irgendwo bleiben sie liegen. Die eine bei einem Baum, die andere bei einem Strauch und die dritte bei einem Stein.

Immer wieder sammeln sie die Zauberkugeln ein und probieren es von neuem. Aber nie rollen die drei Kugeln zusammen in eine Mulde. Inzwischen ist es Abend geworden. Damit Kasperl und Seppl nicht den weiten Heimweg haben, bleiben sie in dem Dorf.

Sie bekommen warme Decken, in die sie sich einwickeln, und schlafen auf der Ofenbank.

Am nächsten Tag beschließt der Kasperl, weiterzugehen. Durch die verwüsteten Felder, über den Fluß, bis zum nächsten Berg. Der Seppl ist einverstanden. Er glaubt sicher, daß der Kasperl den Goldschatz finden wird.

Da die Bauern am Tag vorher so viel Zeit versäumt haben, können sie nicht mitgehen. Sie müssen die Zeit wieder einbringen und sich doppelt anstrengen. Nur ein alter Mann, der nicht mehr viel arbeiten kann, geht mit, damit Kasperl und Seppl nicht den Weg zurück verfehlen.

So wandern die drei los. Kasperl glaubt, am besten wird es sein, am Fuß des Berges die Kugeln rollen zu lassen. Wieder versuchen sie es. Die eine Kugel bleibt bei einem Baum stehen. Die zweite Kugel bleibt bei einem

Strauch hängen, und die dritte Kugel hört bei einem Stein auf zu rollen.

Da wird der Seppl ungeduldig. ,,Laß uns überlegen, was wir heute probieren müssen. Denn es so zu machen wie gestern, ist sinnlos.'' Da gibt ihm der Kasperl recht.

Sie setzen sich erst einmal hin und beraten. Gerade geht die Sonne hinter dem Berg auf. Da hat der Kasperl eine Idee. ,,Wie wäre es, wenn wir auf die Schattenseite des Berges gehen? Da drüben, wo die Blumen wachsen?''

Gesagt, getan. Kasperl nimmt die drei Kugeln und läßt sie los. Auf einmal kullern sie in eine Richtung und landen alle drei in einer Mulde.

,,Hurra, hurra!'' Endlich sind alle Kugeln zusammen in eine Vertiefung gerollt. Da muß ein Schatz sein! Der alte Mann hat eine kleine Schaufel mitgebracht, mit der sie abwechselnd graben.

Auf einmal stößt der Kasperl auf etwas Hartes. Rundherum gräbt er, und dann kann er eine eiserne Kassette herausheben. Der Deckel geht ganz leicht auf, und dann erblicken sie die schönsten Goldstücke. Schnell macht der Kasperl den Deckel wieder zu. Jetzt kann den armen Bauern geholfen werden.

Vor lauter Eifer haben sie nichts gehört. Da wiehert plötzlich ein Pferd, und der Reiter — es ist der Burgherr — fragt in herrischem Ton: ,,Was treibt ihr hier? Warum seid ihr nicht auf den Feldern?'' Dieser Ton ärgert den Kasperl: ,,Entschuldigen Sie, wir beide, der Seppl und ich, gehören nicht zu Ihrem Dorf. Und von dem alten Mann können Sie nicht verlangen, daß er noch arbeitet!''

Da springt der Burgherr vom Pferd und schreit: ,,Dich werd' ich lehren, Anstand zu wahren! Du hast dich zu verbeugen! Was sind denn das für Kugeln in der Mulde? Die habt ihr mir doch gestohlen!''

Kasperl und Seppl sagen gar nichts. Aber der arme

Alte fängt zu stottern an, weil er solche Angst hat.

„Heraus mit der Sprache!" donnert der Herr, „wird's bald, ich will wissen, was das für Kugeln sind."

Umsonst macht der Kasperl „Psst!", der alte Bauer sagt, daß es Zauberkugeln sind.

„Ha, ihr wollt mich betrügen! Ich werde euch in den Turm sperren lassen. Ihr könnt dort verhungern. Her mit den Kugeln", befiehlt er. Alle sind erstarrt. So ein Unglück! Sie haben nicht erwartet, daß der böse Burgherr sie überrumpelt.

Der Bauer bückt sich und gibt seinem Herrn die drei Kugeln. Doch kaum berührt dieser die Zauberkugeln, zerfallen sie zu Staub, der ihm zwischen den Fingern durchrinnt.

Der Kasperl und der Seppl können ihre Freude nicht verbergen. „Siehst du, Zauberkugeln sind nicht für jeden."

Wütend steigt der Burgherr auf sein Pferd, gibt ihm die Sporen und reitet davon.

Alle drei atmen auf. Das ist noch einmal gutgegangen. Zum Glück hat er die Kassette nicht gesehen. Der Kasperl konnte etwas Sand mit dem Fuß darüberschieben.

„Nun aber schnell", treibt der Kasperl die zwei anderen an. „Vielleicht kommt er noch einmal. Jetzt heißt es aufpassen und schnell ins Dorf zurück."

Da herrscht große Freude, als die armen Bauern den Goldschatz sehen. „Es ist am besten, ihr schickt einige von euch, um Lebensmittel und Saatgut zu kaufen. Wenn ihr wollt, gehen der Seppl und ich auf das Schloß und bezahlen für euch die Pacht."

Dieser Vorschlag gefällt den Bauern, denn vor ihrem Herrn haben sie gehörig Angst. Da es spät geworden ist, können sie nicht mehr am gleichen Tag aufbrechen.

So bleiben der Kasperl und der Seppl noch einmal eine Nacht im Dorf. Früh am nächsten Morgen brechen alle auf. Einige Bauern, um einzukaufen, und der Kasperl wandert mit dem Seppl auf die Burg. Der Burgherr erkennt sie wieder. ,,Woher habt ihr das Gold?'' fragt er.

Aber der Kasperl lacht nur und sagt: ,,Sie können froh sein, die Pacht der Bauern zu bekommen. Es sind nicht alle so hartherzig, es gibt auch welche, die schenken.''

Da lacht der Burgherr aus vollem Hals. ,,Du willst mir doch nicht erzählen, daß die Bauern diese Goldstücke geschenkt bekommen haben?''

Aber aus dem Kasperl war nichts herauszubringen. ,,Auf Wiedersehen, leben Sie wohl, Sie können mit den Goldstücken ja auch helfen!'' Doch der Burgherr lacht: ,,Fällt mir nicht ein. Von mir bekommt keiner was!''

Kasperl und Seppl machen sich schnell davon. So ganz wohl ist ihnen nicht zumute.

Als sie in das Dorf zurückkommen, sind die anderen auch schon daheim. Endlich können sie sich wieder einmal satt essen. Herzlich sind auch der Kasperl und der Seppl eingeladen.

Aber dann heißt es Abschied nehmen, denn die Gretel und die Großmutter warten sicher schon.

Faschingskrapfen

In einem prächtigen Speisesaal sitzt die königliche Familie und wartet auf ihren Nachmittagskaffee. Auf dem Tisch stehen die besten Kuchen und Torten. Jedem anderen würde das Wasser im Mund zusammenlaufen, nicht aber der königlichen Familie.

„Guglhupf? den hatten wir doch erst gestern", räsoniert der König.

„Apfeltorte?" erwidert die Königin, „ist doch auch nicht neu. Wie oft haben wir die schon gegessen."

Der Prinz schreit sehr ungezogen: „Ich mag das alles nicht", und die kleine Prinzessin meint: „Ich möchte so gern ein Butterbrot." Darüber ist die Königin entsetzt und tadelt die Kleine. „Ein Butterbrot — wie stellst du dir das vor? Am Nachmittag gibt es in einem Schloß Kuchen und Torten!"

Da meldet sich der Prinz und ruft, wieder sehr ungezogen: „Ich will etwas ganz anderes, sonst esse ich gar nichts!"

Ja, es war wirklich kein gemütlicher Nachmittag auf dem Schloß. Der König dachte lange darüber nach, was da zu tun wäre. Man müßte etwas Neues erfinden. Aber was? Es gibt doch schon so viele Kuchen und Torten. Da fällt ihm etwas ein. Wozu hatte er seinen Hofkonditor? In seinem Königreich gibt es eine Menge Bäcker, sollen die sich etwas einfallen lassen. Er war schließlich König und mußte sein Land regieren, da hat er keine Zeit, über Kuchen und Torten nachzudenken. Aber seine Untertanen, die etwas vom Backen verstanden, konnten über eine neue Mehlspeise nachdenken.

Sofort ruft er alle Herolde zusammen, die dann an allen Ecken der Hauptstadt folgendes ausrufen: Der König befiehlt allen Bäckern und Zuckerbäckern, eine neue Mehlspeise zu erfinden. Bis zur Faschingszeit will er das neue Gebäck haben. Wer nichts erfindet, der muß seinen Laden auf Lebenszeit schließen. Achtung! Achtung... — und dann rufen die Herolde alles noch einmal aus.

Das hört auch Frau Cilli Krapf. Sie besitzt eine schöne Konditorei, und ihr Geschäft geht gut. Am Nachmittag kommen auch der Kasperl und der Seppl zu ihr, um ihre berühmte Schokoladetorte zu essen.

„Ja, was haben Sie denn, Frau Krapf?" fragt der Kasperl verwundert. „Sie schauen so nachdenklich und ernst drein."

„Da erzählt im Frau Krapf vom Befehl des Königs und daß ihr gar kein neues Gebäck einfallen will. Der Kasperl verspricht ihr, die Gretel und die Großmutter zu fragen, ob die vielleicht eine Idee hätten. Frau Cilli seufzt: „Es wäre zu schön, wenn gerade mir etwas einfiele. Auf jeden Fall dank' ich dir schön, Kasperl, für deine Mühe."

„Ist schon recht, Frau Krapf. Morgen komme ich wieder, vielleicht weiß ich dann schon etwas."

Als der Kasperl am nächsten Tag wieder zu Frau Krapf kommt, muß er sehr traurig bekennen, daß die Großmutter und die Gretel auch kein neues Rezept wissen und daß ihnen die ganze Nacht rein gar nichts eingefallen ist. Da muß Frau Krapf bitterlich weinen. Es war ihre letzte Hoffnung gewesen, daß der Kasperl ihr ein neues Rezept bringt. „Es ist so schade, wenn ich mein Geschäft schließen muß, wo alle Leute so gern herkommen. Viele, viele Jahre habe ich mich bemüht, gute Torten und Kuchen zu backen, und jetzt soll alles aus sein, nur weil mir nichts Neues einfällt! Das ist doch zu traurig."

Nicht einmal der Kasperl weiß Rat. Er verabschiedet sich schnell, denn er kann den Kummer der armen Cilli Krapf nicht mitansehen.

Frau Krapf liegt in ihrem Bett und kann nicht schlafen. Irgend etwas müßte es doch geben, was noch nie da war. Auf einmal raschelt es, und als sie aufblickt, steht der leibhaftige Teufel vor ihr.

„Ich kann dir helfen", schnarrt er, „dafür will ich aber deine Seele haben."

„Alles will ich dir geben, wenn du mir hilfst", jammert Frau Krapf, „nur nicht meinen Laden schließen müssen. Das wäre das Ärgste."

„Gut", spricht der Teufel, „dann will ich dir helfen. Laß uns sofort in deine Backstube gehen."

Geschwind zieht sich Frau Krapf an — der Teufel war schon vorausgegangen — und folgt ihm in die Backstube.

Es ist Mitternacht, und alle übrigen Menschen schlafen fest und tief. Nur in der Backstube der Frau Krapf brennt das Licht. Eifrig werkt der Teufel. Er befiehlt Frau Cilli ihm folgende Zutaten zu bringen: Mehl, Milch, Fett, Hefe, Eier, Zucker und etwas Salz. Zum Schluß verlangt er noch feinste Marillenmarmelade. Der Teufel macht aus allen Zutaten kleine Bälle und wirft sie in das heiße Fett.

Nach kurzer Zeit kann sie Frau Krapf goldbraun und herrlich duftend herausnehmen, mit Staubzucker bestreuen und in einen Korb legen. Als der Korb voll ist, sagt Frau Krapf: „Nun muß ich selbst einmal ein Stück kosten. Hm, schmeckt das köstlich! Der Teig mit der Füllung zergeht auf der Zunge! So etwas hat es wirklich noch nie gegeben."

„Trödel hier nicht herum!" keift der Teufel. „Gib eine warme Decke auf den Korb und bring alles aufs Schloß, sie müssen ganz frisch gegessen werden!" und plötzlich verschwand er so schnell, wie er gekommen war.

Frau Krapf läßt sich das nicht zweimal sagen. Sie eilt zum Schloß und verlangt den König zu sprechen.

Aber der Haushofmeister fertigt sie arrogant ab: „So früh ist der König noch nicht zu sprechen, da mußt du warten."

Auf einmal hört sie, wie der König ruft: „Ich will mein Frühstück, warum ist es noch nicht fertig?" Da wartet Frau Krapf nicht länger. Ohne auf den Haushofmeister zu achten, rennt sie davon und schnurstracks vor den König. Sie macht einen tiefen Knicks und stottert entsetzlich vor Aufregung: „He-He-Herr König, Herr König, hier ist ein neues Ge-Gebäck, wie Sie befohlen haben".

Der König läßt sich erst einmal den Kaffee einschenken. Inzwischen ist auch die Königin gekommen, um mit ihrem Gemahl zu frühstücken. Die frischen Kuchen duften verführerisch. Endlich nehmen der König und die Königin einen davon und beißen hinein.

„Ist das gut!" kommt das Urteil wie aus einem Mund. Es schmeckt ihnen ausgezeichnet. Und als die Kinder hereinstürmen und kosten, sind auch sie von dem neuen Gebäck begeistert.

Nun will der König über Frau Krapf natürlich Näheres erfahren: „Wie heißt Sie denn", fragt er. Dann will er wissen: „Hat Sie ein eigenes Geschäft, und wo ist es denn?" Er fragt noch weiter: „Lebt ihr Mann noch?" Aber der war leider gestorben und darum muß sie alle Arbeit allein machen. Der König lobt Frau Krapf sehr und schenkt ihr als Belohnung ein Säckchen Goldstücke. Außerdem darf sie sich **Königliche Hofbäckermeisterin** nennen, und ihr zu Ehren sollen die kleinen Kuchen von nun an **Krapfen** heißen.

Frau Cilli Krapf kehrt restlos glücklich in ihr Geschäft

zurück. Auf den Teufel hat sie ganz vergessen. Als dieser in der Nacht bei ihr erscheint und ihre Seele fordert, begreift sie erst, worauf sie sich eingelassen hat. „Was habe ich da getan?!" sagt sie zu sich. „Wenn mir doch jemand helfen könnte!" Und in ihrer großen Not fällt ihr der Kasperl ein. Schnell sagt sie zum Teufel: „Ich brauche noch drei Tage, um in meinem Geschäft die Ordnung wiederherzustellen. Nach drei Tagen kannst du wiederkommen."

Der Teufel hat es nicht eilig. Diese Seele ist ihm gewiß. So ist er damit einverstanden, drei Tage zu warten, und verschwindet wieder. Frau Krapf schickt einen Boten zum Kasperl, der hat den Auftrag, ihm zu sagen, daß er sofort zu ihr laufen soll.

Als der Kasperl kurz darauf kommt, geht sie mit ihm in die Backstube, damit sie niemand hören kann. Der Kasperl ist aufgebracht, als er all das vernimmt. Wie kann er helfen?

„Da muß ich nach Hause", sagt er, „nur daheim kann ich nachdenken — morgen komme ich wieder."

„Aber bestimmt, Kasperl", zittert Frau Krapf. „Ich werde es dir nie vergessen, wenn du mir hilfst."

„Ist schon recht", meint der Kasperl, „aber jetzt schnell heim, um keine Zeit zu verlieren."

In der Nacht erscheint der Teufel wieder. „Ich will dich nur erinnern, daß du mir gehörst", knurrt er, „versprochen ist versprochen", und dann verschwindet er.

Den ganzen Tag geht es Frau Cilli nicht aus dem Kopf, was der Teufel gesagt hat: Versprochen ist versprochen. Wenn nur dem Kasperl etwas einfällt! Ruhelos geht Frau Krapf durch ihr Geschäft. Sonst plaudert sie gern mit ihren Kunden und fragt, ob es ihnen schmeckt. Aber im Augenblick interessiert sie gar nichts.

Endlich kommt der Kasperl. Wieder gehen beide in die

Backstube. „Ich hab' es", jubelt der Kasperl, „wir müssen den Teufel überlisten, und da ist mir ein toller Gedanke gekommen." Sie beraten eine Weile zusammen. Der Kasperl schmunzelt, so sehr freut er sich, und geht dann weg. Er holt den Seppl, damit er hilft.

In der Nacht schleichen Frau Krapf, Seppl und Kasperl in die Backstube. Aus Holz und Zeitungspapier formen sie einen Körper, der in Größe und Gewicht ungefähr dem von Frau Krapf entspricht, und stecken ihn in einen alten Mehlsack. Dann stellen sie diesen in die Mitte der Backstube. Kurz vor Mitternacht verstecken sich Frau Krapf und Seppl. Der Kasperl bleibt ruhig bei dem Sack stehen.

Brrrrr — ist der Teufel da. „Ha, jetzt komme ich sie holen, die tüchtige Krapfin", brüllt er. Man sieht ihm die Freude an, daß er wieder eine Seele gefangen hat.

„Halt!" kommandiert der Kasperl, „den Sack mit der Frau Krapf kannst du gleich nehmen. Vorher will ich noch etwas wissen. Versprichst du, wenn du mit dem Sack verschwunden bist, daß du nie mehr hierherkommst? Versprichst du, daß du keine Forderungen mehr stellst, wenn das Geschäft weitergeführt wird? Versprichst du, daß du nichts unternimmst, wenn die neue Mehlspeise nach der Frau Krapf Krapfen heißt?"

„Selbstverständlich", sagt der Teufel, „ich — und das ich betont er besonders — halte meine Versprechen. Sowie ich mit dem Sack fort bin, sieht und hört keiner mehr etwas von mir. Dabei stemmt er den Sack in die Höhe und verschwindet.

Frau Cilli und der Seppl kommen aus ihrem Versteck hervor. Sie lachen mit dem Kasperl Tränen. Das war gutgegangen!

Kasperl meint: „Man soll eigentlich niemanden so hereinlegen — aber den Teufel? — ich glaube, da braucht man keine Gewissensbisse zu haben."

„Kommt, ihr zwei", fordert Frau Krapf die beiden Freunde auf, „jetzt schnell hinauf ins Geschäft. Da könnt ihr nach Herzenslust Krapfen essen."

„Fein", schreien beide, „das lassen wir uns nicht zweimal sagen."

Kaspe

Verse
Fränzl Salm

Bumm
Bilder
Ernst Kutzer

„Du ungezog'ner
Kasperlsohn,
wart nur, ich geb' dir
deinen Lohn.
Mußt' denn die Brill'
in Scherben gehn?
Nun kann ich Arme
nichts mehr sehn."

„Statt folgsam und
rechtbrav zu sein,
fällt dir nur immer
Unfug ein.
Es ist mit dir ein
rechter Jammer,
ich sperr' dich in die
finst're Kammer."

„Die Schimpferei
vertrag' ich nicht",
sprach Bumm, der
Kasperlbösewicht,
„die finst're Kammer
ist ein Graus –
lauf' lieber in die
Welt hinaus ..."

Fort eilt er nun mit
großen Sprüngen,
da hört er Ringel=
reiha singen.
„Hurra-hurra, wie
mich das freut –
was seid denn ihr
für liebe Leut'?"

Schnell fassen sie
sich alle an
und spielen lustig
Eisenbahn.
Mit Heirassa geht's
klipp und klapp
im Sausgalopp den
Berg hinab.

Dort scheint ja eine
Stadt zu sein.
„Ihr Freunde, das
wär wunderfein!
Da zeig' ich alles,
was ich kann,
und zuschaun muß
mir jedermann."

Kommt alle, alle her
und seht,
wie Kasperl auf dem
Seile geht. –
Die Freunde müssen
sich sehr plagen,
vor Hunger brummt
schon Bärlis Magen.

Dort auf dem Schilde
steht etwas:
„Schlaraffenland" –
wie fein ist das!
Zu essen gibt's,
soviel man will:
der Kuchenberg
sei unser Ziel!

INS SCHLARAFFENLAND!

Ganz atemlos dort
angekommen,
sind sie vor Staunen
fast benommen –
der Kasperl Bumm
steht vorne dran:
„Juchheirassa – so
fangt doch an!"

„Seht ihr denn nicht
die Torten liegen,
die Hühner in den
Lüften fliegen?
Schaut hin, gebraten
sind sie schon:
auf, auf, wir holen
uns davon!"

Wie es den fünfen
prächtig schmeckt!
Das Bärli Himbeer=
pudding schleckt,
der Kasperl kann
schon nimmer stehn-
wie wird es mit ihm
weitergehn?

„Ach, Bumm, ach, Bumm,
so hör doch auf,
sonst nimmt es einen
bösen Lauf.
Stopf dir doch nicht
so voll den Mund,
denn allzuviel ist
ungesund!"

Auf einmal gibt es
einen Krach,
und alle schreien
weh und ach,
sie laufen schleunigst
dann von hinnen,
denn der Bumm ist
am Zerspringen.

Ein toller Wirbel
rings umher --
und übrig bleibt rein
gar nichts mehr
als Sägespäne rund=
herum
um den geplatzten
Kasperl Bumm.

Nun schaut euch
dieses Unglück an:
so geht's, wenn man
nicht folgen kann!
Unter Tränen, Jam=
mern, Klagen
wird er schnell dann
heimgetragen.

Hätt' er gegessen
nicht soviel
von allem ohne Maß
und Ziel,
hätt' er gehört auf
Liesel's Wort,
wär sicher er noch
heute dort –

Nun ist er krank
zurückgekommen,
ganz aufgeplatzt
und mitgenommen.
„Will fortan immer
folgsam sein!"
verspricht er dem
Großmütterlein.

Drauf hat sie ihn dann
sehr geschickt
fein säuberlich
zurechtgeflickt. –
Schon tollt er wieder
durch das Haus –
und Kasperl Bumms
Geschicht' ist aus.

Der Wettermacher

Es sind schon viele, viele hundert Jahre her, daß der Wettermacher tagein, tagaus das Wetter macht. Er hat immer viel zu tun. Aber abwechslungsreich ist seine Arbeit, das muß man sagen. Manchmal schiebt er der Sonne eine große Wolke vor das Gesicht. Oder er ärgert sich über etwas, dann läßt er es donnern und blitzen, daß es allen angst und bange wird. Hat er keine Lust zu arbeiten, schaltet er die Regenmaschine ein. Wenn die läuft, kann er in seinem Schaukelstuhl sitzen und nachdenken. Am besten geht es ihm natürlich im Winter. Wenn es tagelang schneit, hat der Wettermacher seine Ruhe. Die Schneemaschine einstellen und — fertig ist seine Arbeit. Je nachdem, wie er die Schneemaschine einstellt, schneit es sacht oder heftig. Wenn es eine Weile heftig schneit, dann sind bald alle Wege und Stege verschneit. Wagen bleiben im Schnee stecken, und die Kinder können nicht in die Schule gehen. Dann stellt der Wettermacher seine Schneemaschine ab und muß erst wieder arbeiten, wenn er Tauwetter will.

So könnte es noch viele hundert Jahre weitergehen. Aber die Leute sind nicht zufrieden, und das wiederum ärgert den Wettermacher. Ich gebe mir doch wirklich Mühe, sinniert er, was wollen sie eigentlich? Lasse ich es regnen, wollen sie schönes Wetter. Lasse ich es schneien, wollen sie Sonne. Neble ich alles mit einem dicken Nebel ein, sodaß einer den anderen nicht sieht, ist es ihnen auch nicht recht. Ich habe es satt, satt, satt.

„Was hast du satt?" fragt der Teufel, der gerade vorbeikommt.

,,Na, das Wetter zu machen'', antwortet der Wettermacher.

,,Warum denn'', fragt der Teufel weiter. Er ist immer neugierig und will alles genau wissen.

,,Weil den Leuten gar nichts paßt. Ich kann machen, was ich will, es ist ihnen nicht recht.''

,,Das mußt du mir genauer erklären'', verlangt der Teufel. Seiner Meinung nach, müßten die Leute zufrieden sein, daß es überhaupt ein Wetter gibt.

Geduldig erklärt nun der Wettermacher, wie das in seinem Beruf ist: ,,Wenn es regnet, soll es schön sein. Wenn Eiszapfen an den Dächern hängen, soll schon der Frühling kommen. Wenn es heiß ist, dann höre ich sie jammern, wenn es nur schon wieder kühler wäre.''

Das sieht der Teufel ein. Unter diesen Umständen das Wetter zu machen ist wirklich kein Vergnügen.

,,Rate mir lieber, was ich tun soll'', der Wettermacher hofft, daß der Teufel eine gute Idee hat.

Aber das ist nicht die Art des Teufels. Er ärgert lieber, er neckt gern, er ist boshaft. So sagt er auch zum Wettermacher: ,,Ich habe ein kleines, lustiges Teufelchen. Es ist grasgrün und hat rote Ohren. Das werde ich zu dir schicken. Es hat stets kuriose Einfälle, und wenn dieses eine Weile das Wetter macht, werden alle froh sein, wenn du wieder zurückkommst.''

,,Glaubst du?'' — der Wettermacher ist nicht überzeugt. ,,Es wird mir alles durcheinanderbringen'', fürchtet er. Da hat er sicher recht.

Aber der Teufel versteht es, dem Wettermacher zuzureden, daß das kleine grüne Teufelchen kommen darf. ,,Du wirst sehen'', sagt der Teufel, ,,der Kleine kann seine Sache. Übrigens heißt er — Kiwie.''

Dem Wettermacher ist es schließlich recht. Was sollte er auch machen? Er selbst hat keine bessere Idee, und irgend etwas will er doch unternehmen. Zu sehr haben ihn alle gekränkt!

Der Teufel verschwindet, und es dauert nicht lang und — Kiwie meldet sich zur Stelle. Der kleine Teufel ist voller Tatendrang. Aber der Wettermacher hält nichts davon, etwas zu überstürzen. ,,Langsam, langsam, du kannst erst einmal zuschauen, wie ich das mache'', ordnet er an. Das war zwar nicht im Sinn von Kiwie, doch er fügt sich.

Als am nächsten Morgen der Wettermacher aufsteht, traut er seinen Augen nicht. Das Windrad dreht sich mit größter Geschwindigkeit. So stark läßt er es nur alle paar Jahre laufen! Den Leuten weht es die Hüte von den Köpfen. Von den Dächern fliegen die Ziegel herunter. Die Kinder müssen sich bei den Erwachsenen anhalten, weil sie der Sturm sonst umweht. Der Schmutz wird hochgewirbelt, große Papierfetzen fliegen durch die Luft. Und auch Bäume werden entwurzelt, ja sogar Schiffe gehen unter, so ein Sturm weht.

,,Was hast du denn gemacht?'' schreit der Wettermacher. ,,Das habe ich dir doch nicht erlaubt. Du kannst noch nicht das Windrad drehen, das habe ich dir noch nicht gezeigt.''

Aber Kiwie macht sich nichts draus. Er lacht aus vollem Hals und meint: ,,Das geschieht den Menschen recht. Sie haben doch selbst gesagt, daß die Menschen nie zufrieden sind.''

Als der Wettermacher sieht, wie ein schönes Schiff untergeht und die Matrosen hilflos in den Wellen schaukeln, dreht er sofort das Windrad herum, und gleich hört der Sturm auf.

,,So werden Sie nie etwas erreichen'', sagt Kiwie spöttisch zum Wettermacher, ,,das Wetter muß jetzt für eine Weile so fürchterlich sein, daß alle wünschen, es wäre wieder so wie früher. Wenn wir das nicht durchhalten, werden die Leute immer über das Wetter meckern."

„Da wird es am besten sein, ich gehe für eine Weile fort. Ich kann es nicht mitansehen, wenn du hier herumwirtschaftest." — Der Wettermacher ist sehr traurig. Hätte ich mich bloß nicht mit dem Teufel eingelassen, denkt er. Aber was kann er jetzt noch machen? So packt er seine Sachen, gibt Kiwie noch ein paar Ratschläge und geht fort. Er hat ja viele Bekannte, da will er einstweilen hingehen, bis es für ihn wieder Zeit ist zurückzukehren.

Jetzt ist Kiwie in seinem Element. Er kümmert sich nicht einmal mehr um die Jahreszeiten. Schnee, Regen, Hitze, Kälte — er macht, was er will.

Da kommt eines Tages König Winter. Er ist erstaunt, den Wettermann nicht vorzufinden. „Wer bist du denn?" fragt er den giftgrünen kleinen Kerl.

Der gibt ihm sofort Auskunft: „Ich bin Kiwie, der kleine Teufel. Mich hat der große Teufel hierher geschickt."

„Machst du jetzt das Wetter?" fragt König Winter mißtrauisch.

„Ja, sicher, gefällt es dir etwa nicht?"

„Na, du bist ziemlich keck", der König ist nicht erfreut von seiner Antwort, „da kann ich mich über nichts mehr wundern. Einmal friert es Stein und Bein, unerwartet scheint dann die Sonne, auf einmal blüht alles, und sofort schneit es, daß alle Blumen kaputt werden. Nennst du das ordentliche Arbeit?"

Da platzt Kiwie mit seiner Antwort heraus: „Das soll es ja auch nicht. Ich bin hier, weil die Menschen immer über das Wetter geschimpft haben, egal, ob es Frühling, Sommer, Herbst oder Winter war, nichts war ihnen recht. Jetzt bekommen sie alles durcheinander, wollen mal sehen, wie ihnen das gefällt."

König Winter schüttelt den Kopf. „Mir gefällt das gar

nicht", spricht er ruhig, „aber mit mir kannst du das nicht machen. Ich will, daß ich wieder meine Wintermonate bekomme. Die Menschen müssen warm einheizen. Wenn sie fortgehen, sollen sie Pelze tragen. Die Kinder dürfen rodeln. In der Nacht hat Frost zu sein, und Eiszapfen müssen an den Dachrinnen hängen. Hast du verstanden?"

Das hat der grüne Wicht wohl, aber er hat gar keine Lust zu tun, was König Winter fordert. So lügt er ihm etwas vor. Ein Teufelchen darf schließlich lügen. König Winter geht wieder fort, weil er denkt, daß Kiwie folgen wird. Der denkt aber gar nicht daran. Es macht ihm viel zuviel Spaß, das Wetter ganz durcheinander zu bringen.

Aber er hat nicht mit dem Herbst gerechnet. Der will es sich auch nicht mehr gefallen lassen, daß das Wetter nur noch ein heilloses Durcheinander ist. Ganz energisch stellt er Kiwie zur Rede: „Ich weiß, wer du bist. Ich bin König Winter begegnet. Aber mit mir wirst du nicht so umspringen. Die Blätter werden nicht mehr richtig rot, gelb und braun, weil sie keine Zeit mehr haben. Wenn Äpfel und Zwetschken reifen, blühen auf einmal wieder die Bäume oder wachsen Kirschen, die es schon längst nicht mehr geben sollte. Beim Kraut ist es dasselbe sowie bei den Kartoffeln. Da liegt wieder Frühlingsgemüse dazwischen."

Aber Kiwie muß nur lachen, so freut er sich über alles, was er angerichtet hat.

Da wird aber der Herbst noch wütender. „Du fragst ja gar nicht, wie da die Menschen zurechtkommen sollen?"

„Nein", sagt entschieden der Kleine, „sie haben es ja nicht anders gewollt. Glaubst du, der Wettermacher hat umsonst seine Arbeit abgegeben? Er hat es getan, weil er dauernd gekränkt worden ist. Niemand war mit dem Wetter zufrieden. Jetzt sehen die Leute, wohin das führt, wenn einer macht, was er will."

Da sieht der Herbst ein, daß Kiwie sich gar nichts sagen läßt, und geht.

Inzwischen ist der Wettermacher auf eine Idee gekommen. Er will in die Dörfer gehen und selbst mit den Leuten sprechen, wie sie das Wetter haben wollen. Zuerst kommt er in die Stadt, in der Kasperl lebt. Er geht zum Bürgermeister und fragt ihn, mit welchem Wetter er wohl zufrieden wäre.

„Ja, das wäre eine feine Sache, wenn ich mir das Wetter aussuchen könnte", antwortet der Bürgermeister, „also zuerst einmal möchte ich es so warm haben wie in Italien. Es müßten auch bei uns Zitronen und Feigen wachsen. Dazu ein paar weiße Wolken am Himmel und natürlich ein kühler Abend." — Da mischt sich der Sekretär ein, der alles gehört hat: „Niemals, Herr Bürgermeister. Dann könnten die Kinder nicht rodeln, und meine Frau könnte ihren schönen Pelzmantel nicht tragen."

Da geht der Wettermacher wieder und denkt sich, er wird lieber die Bürger in der Stadt fragen, wie die denn das Wetter wollen. So fragt er den erstbesten dem er begegnet, wie dieser mit dem Wetter zufrieden wäre.

„Oh, mir ist es immer zu heiß", meint der, „ich habe es am liebsten, wenn es so wie im Herbst oder Frühling ist. Schnee brauche ich nicht und sommerliche Hitze schon gar nicht."

Da kommen der Kasperl und der Seppl des Weges. Die beiden will ich noch fragen, denkt der Wettermacher. „He, ihr beiden, habt ihr ein wenig Zeit? Ich will euch etwas fragen."

„Na, los", sagt der Seppl, er ist schon neugierig, was der Fremde will. Als er hört, was der Wettermacher wissen will, legt er los: „Also jeden Tag ein anderes. Ungefähr eine Woche im voraus schreibe ich einen Zettel, wie ich das Wetter will. Zum Beispiel Montag Regen, denn da gehe ich nicht gern in die Schule. Am Dienstag muß es heiß sein, denn da habe ich am Nachmittag keine Schule und will baden gehen. Am Mittwoch ist ein Schulausflug, da ist es am besten nicht zu heiß und nicht zu kalt."

„Halt, halt", schreit der Kasperl, „das kann man ja nicht anhören. So geht das doch nicht."

Da nickt der Wettermacher mit dem Kopf. Endlich einmal einer, der gescheiter ist als alle anderen. Er erzählt dem Kasperl, wie verdrossen er war, weil niemand mit dem Wetter zufrieden war.

„Wer macht jetzt das Wetter?" fragt der Kasperl, „denn im Augenblick spielt das Wetter verrückt."

Da erzählt der Wettermacher vom Teufel und daß der ihm das kleine grüne Teufelchen geschickt hat. „Das ist boshaft und übermütig. Ich bereue schon längst, daß ich fortgegangen bin."

„Na, das kann ich mir denken", sagt der Kasperl, „am besten wird es sein, du machst wieder selbst das Wetter, so wie bisher. Im großen und ganzen muß Ordnung sein, das heißt Frühling, Sommer, Herbst und Winter muß es geben. Aber das andere: Schneien, Frieren, Regnen, Blühen, das mußt du mischen, wie du glaubst."

Da ist der Wettermacher sehr zufrieden und beschließt, wieder selbst das Wetter zu machen. Aber wie wird er den Kiwie los? Der wird sich nicht so schnell vertreiben lassen. Er fragt den Kasperl um Rat, und der schüttelt bedenklich den Kopf. Das will wohl überlegt sein.

„Wenn du willst, gehe ich mit dir", bietet er dem Wettermacher an, „der Seppl soll der Gretel Bescheid sagen, und wir beide denken unterwegs nach."

Der Seppl verabschiedet sich und verspricht sofort zur

Gretel zu gehen. So macht sich der Kasperl mit dem Wettermacher auf den Weg. Der Wettermacher erzählt ihm unterwegs noch verschiedene Begebenheiten, sodaß der Kasperl ein klares Bild bekommt.

Nachdem sie eine Weile schweigend gegangen sind, meint der Kasperl: „Dem Kiwie gefällt es sicher sehr gut, deine Arbeit zu machen."

„Das ist klar", meint der Wettermacher und erklärt dem Kasperl: „Ich habe ein Windrad, je schneller es gedreht wird, desto mehr stürmt es. Ich habe eine Schneemaschine, die auch schneller oder langsamer gedreht werden kann. Wenn es im Winter stürmen und schneien soll, dann muß sich das Windrad schnell drehen und gleichzeitig muß die Schneemaschine laufen. Es gibt auch sehr schwierige Sachen, zum Beispiel, wenn ein warmer Regen fallen soll, damit hinterher alles grünt und blüht."

Ja, das sieht der Kasperl ein. Und es ist auch natürlich, daß es dem giftgrünen Teufelchen gefällt, an all den Maschinen zu drehen und zu kurbeln. Der Teufel müßte für ihn eine andere Aufgabe haben, denkt der Kasperl, aber was?"

Bald darauf kommen sie zum Haus des Wettermachers. — Auch der Teufel ist gerade dort und scheint ganz böse zu sein. Der Wettermacher und der Kasperl bleiben stehen, denn man hört den Teufel durch die Tür: „Was ist dir denn nur eingefallen, so einen Durcheinander zu machen!"

„Ich habe gedacht... "

„Du bist ruhig, du hast nichts zu denken. Nicht einmal wir in den Hölle haben uns ausgekannt, was wir machen sollen. Wie soll ich denn Böses anstellen, weil es regnet, wenn es sofort schneit? Oder wie soll ich denn einen anderen Teufel ausschicken, wenn einer verdurstet und im nächsten Augenblick rinnen alle Quellen? Du bist ganz unnütz, ich werde dich sofort in die Hölle mitnehmen.''

In diesem Augenblick kommen der Wettermacher und der Kasperl bei der Tür herein. Höflich begrüßen sie einander. Der Wettermacher ergreift sofort das Wort: ,,Ich danke dir, Teufel, daß du mir den kleinen Wicht geschickt hast. Vielleicht denken die Menschen jetzt besser über das Wetter, wenn ich es wieder mache. Verwende Kiwie also für andere Zwecke. Lebt wohl, ihr habt mir beide geholfen.''

Dem Teufel war es nur recht, daß er mit seinem grünen Teufelchen abfahren konnte.

Zum Kasperl gewendet, sagte der Wettermacher noch: ,,Es war gut, daß ich nachgefragt habe, wie die Menschen das Wetter wollen. Da habe ich gesehen, daß jeder etwas anderes will und daß es gut ist, wenn ich das Wetter mache und mir nichts dreinreden lasse. Habe Dank für deine Begleitung. Mit dem Teufel ist ja alles gutgegangen.''

,,Leb wohl, ich will heimgehen — und immer, wenn mir das Wetter nicht paßt, werde ich an dich denken'', sagt lachend der Kasperl.

Kasperl bei den Lewutschen

„Zu den Lewutschen willst du? Ja, wo ist denn das?" fragt der Seppl den Kasperl. Von Lewutschen hat er noch nie etwas gehört. Die Gretel hat es auch gerade erst erfahren: „Das ist in Afrika. Zu den Negern will der Kasperl fahren."

„Na, so etwas", der Seppl staunt nicht schlecht. Er weiß nicht so recht, ob er den Kasperl fragen soll, ob er mitfahren kann. Aber da fordert ihn der Kasperl schon auf: „Fahr mit. Wenn du gleich deine Sachen holst, kannst du mitkommen. Diese Lewutschen brauchen Hilfe. Bei denen hat es schon lange nicht mehr geregnet."

Das kann ja interessant werden, denkt sich der Seppl und geht holen, was er für die Reise braucht. Bald darauf fahren die beiden Freunde los. Es ist eine lange Fahrt.

Endlich kommen sie an, aber es ist schrecklich heiß. Das Wandern macht gar keinen Spaß. Der heiße Wind treibt Sand vor sich her, daß die Augen brennen. Der Durst plagt die beiden, und es gibt keine Möglichkeit, etwas zu trinken. Bei den Lewutschen ist man froh, den Kasperl zu sehen. Vielleicht kann der helfen.

Eines Tages wollen Seppl und Kasperl einen Ausflug entlang des Flusses machen. Da hören sie Trommeln und Negerpfeifen. Mehrere hundert Krieger aus der Umgebung sind mit ihren Frauen und Kindern unterwegs. Manche Neger blasen die Trompete, andere machen mit Rasseln furchtbaren Lärm. Die Krieger sind im Kriegsschmuck, und die Frauen haben sich mit Öl eingerieben und darauf Pflanzensamen gestreut. Die beiden Freunde staunen nur so über alles, was sie sehen. Dabei wird das

Geschrei immer ärger. Alle tanzen wild umher, machen riesige Sprünge und laufen schnell durcheinander. Einige haben Masken auf und stellen die Dämonen dar, die vertrieben werden sollen.

Nun werden Kasperl und Seppl zum Häuptling geführt. Der erzählt ihnen, wie lang sie keinen Regen mehr hatten und daß ihnen eine Hungersnot droht. Sie können zwar noch Büffel jagen, aber es wird nicht mehr lange dauern, und sie sind dem Elend preisgegeben.

So beschließen Kasperl und Seppl, mit einigen guten Führern aufzubrechen, um den Regenwald zu finden. Die Lewutschen, die sie begleiten, nehmen Speere und Messer mit. Am nettesten von allen Lewutschen, die mitgehen, ist der kleine Ali. Ein flinkes Bürschchen, das immer guter Laune ist. Oft macht es Kasperl und Seppl auf etwas aufmerksam, wie zum Beispiel auf einen besonders schönen Vogel im Flug oder auf einen Zauberbaum, an dem viele Amulette hängen. Die Amulette sollen das Böse fernhalten.

Bald erreichen sie einen Platz mit herrlicher Aussicht. Nach der einen Seite zieht sich die unermeßliche Steppe hin und nach der anderen ein Hunderte Meter hoher Urgesteinsberg, dessen Felsen die merkwürdigsten Formen bilden. Sie beschließen, um den Berg herumzugehen. Der Durst quält sie schrecklich. Zwischen Steinen finden sie ein rundes Gefäß mit stinkendem, schlecht schmeckendem Wasser. Gierig trinken sie es aus. In sengender Hitze geht es weiter.

Am Nachmittag verdunkelt sich der Himmel in bedrohlicher Weise. Im Norden und Westen stehen schwere Gewitterwolken. Gegen Abend frischt der Wind auf. In der Nacht bricht das Unwetter los. Der Sturm tobt, und dann setzt ein Wolkenbruch ein. Stundenlang prasselt der Regen herab. An Schlaf ist nicht zu denken. Kasperl wirft sich unruhig auf seiner Matte hin und her. Das entsetzliche Unwetter und dazu der immer wiederkehrende Traum: eine Schlange, ein Elefant und ein Krokodil.

Ein trüber Morgen bricht an. Der Wind flaut etwas ab, und die Männer können aufräumen. Ali bringt Kasperl und Seppl einen heißen Brei aus Hirse.

,,Ich habe schon was Besseres gegessen'', mault der Seppl. Der Kasperl gibt keine Antwort, er ist tief in Gedanken versunken.

,,Du, Ali'', spricht er den kleinen Burschen an, ,,was bedeutet das: Ich habe im Traum ein Schlange, einen Elefanten und ein Krokodil gesehen.''

Da erschrickt Ali, rennt zu den Männern und führt sie zum Kasperl. Sie sagen, der Kasperl soll ihnen seinen Traum genau erzählen: ,,War es während des Gewitters? Wo war die Schlange? Wo war das Krokodil?''

Kasperl gibt sich Mühe, nachzudenken: ,,Es stimmt, der Traum war während des Gewitters. Dann sah ich die Schlange. Sie war zusammengerollt wie ein Teller, sodaß ich zuerst gar nicht wußte, daß es eine Schlange war. Sie hob ein wenig den Kopf, und aus ihrem Mund schoß die gespaltene Zunge heraus. Sonst lag sie ganz ruhig da. Dann wurde ich etwas wach. Ich drehte mich ein paarmal hin und her, mir war, als ob der Regen aufgehört hätte. Ich sah vor mir auf der Steppe eine Elefantenherde ziehen. Da blieb eine Elefant zurück, stand plötzlich still und hob den Kopf so, daß man dachte, er wolle die Richtung nach vorn zeigen. Dann hörte ich wieder das Prasseln des Regens — ich war in einem Halbschlaf und ich fror ganz jämmerlich. Da hörte ich ein Planschen, es war, wie wenn Holz auf Wasser aufschlägt. Und schon war vor mir ein riesenhaftes Krokodil. Es riß sein Maul weit auf. Ich wollte Ali, Ali schreien, aber ich brachte keinen Ton heraus. Als ich aufwachte, war es Morgen, und Ali brachte uns den Hirsebrei."

Nun beginnen die Männer zu lachen und sich zu freuen. Kasperl und Seppl wundern sich, sie verstehen die Freude nicht. Da sagt Ali: „Jetzt wissen wir, daß wir den Regenwald finden werden. Schlange, Elefant und Krokodil sind die Zeichen dafür."

„Genügt das?" fragt der Seppl.

„Nein, natürlich nicht. Jetzt kommt es noch darauf an, daß man das Richtige tut, wenn man eines dieser Tiere sieht. Und da der Kasperl den Traum hatte, muß er derjenige sein, der mit den Tieren fertig werden muß", sagt der Führer der Lewutschen.

„Prost Mahlzeit", fährt es dem Kasperl heraus, „ein Glück, daß das nicht die Gretel weiß. Hoffentlich hilft mir jemand." Da kommt Ali und versichert dem Kasperl, daß er sich auf der ganzen Expedition nicht von ihm trennen und sehr aufpassen werde.

Es ist höchste Zeit, daß alle weiterwandern. Aufmerksam schauen sie teils auf den Weg, teils in das Gebüsch. Gegen Mittag kommen sie in unwegsames Gelände. Die Hitze ist mörderisch. Wenn ich nur nicht mitgefahren wäre, denkt der Seppl.

Da deutet Ali mit seiner Speerspitze auf einen dunklen Punkt. Beim Näherkommen erkennen sie die Schlange: Sie liegt wirklich wie ein bunter Teller in der Sonne und rührt sich nicht. Die Lewutschen bleiben zurück. Aufgeregt schauen Kasperl und Seppl bald auf die Schlange, bald auf die Männer.

Na, gut, denkt der Kasperl, wahrscheinlich muß ich die Schlange töten. Aber jedesmal, wenn sich der Kasperl der Schlange nähert, stellt sie sich auf und bewegt ihren Kopf hin und her. Da beschließt der Kasperl zu warten. Wieder ist die Schlange unbeweglich. Ein kleines Wildschwein überquert den Weg. Es läuft gerade auf den regungslosen

Schlangenkörper zu. Wie ein Blitz schießt die Schlange vor, packt das kleine Schwein, preßt es mit voller Kraft und verschlingt es. Als die Schlange satt ist, ist es für die Männer ein leichtes, sie zu töten. Alle freuen sich, und Ali erklärt dem Kasperl, wie ihn alle bewundern.

Weiter geht es trotz der großen Hitze. Hundemüde schleppen sich alle dahin, aber sie wollen erst einen geschützten Platz finden, wo sie die Nacht verbringen können.

Kasperl bleibt stehen — er kann es nicht fassen: Vor ihnen geht eine Gruppe Elefanten, genau wie er es im Traum gesehen hat. Ein großer Elefant stapft etwas hinter der Herde. Kleine Tiere sind dabei, die neben ihren Elefantenmüttern herlaufen. Kasperl weiß, daß Elefanten kluge Tiere sind. Er hat sie schon oft im Zirkus und im Tiergarten gesehen. Aber was soll er hier machen? Was erwartet man sich von ihm? Kasperl beobachtet weiter die Elefantenherde. Immer wieder bleibt der eine Elefant stehen.

Kasperl, Seppl und Ali gehen der Herde nach. Nach kaum dreihundert Metern liegt im Gebüsch ein verletzter kleiner Elefant. Vorsichtig pirscht sich der Kasperl heran. Es ist gut, daß der Kasperl immer Verbandszeug bei sich hat. Vorsichtig desinfiziert er die Wunde und wartet ab. Nach kurzer Zeit kann sich der kleine Elefant erheben und gesellt sich wieder zu seiner Herde. Kasperl und Seppl kommen zu den Lewutschen zurück und werden stürmisch begrüßt. Jetzt kann fast nichts mehr schiefgehen! Sicher wird der Kasperl auch mit dem Krokodil fertig werden!

Diesmal ist die Nacht ruhig. Gut ausgeschlafen erwachen alle am nächsten Morgen. Ali versorgt wieder die beiden Freunde mit Frühstück. Zeitig marschieren alle los. Am Vormittag kommen sie zu einem Fluß. Durch das heftige Gewitter in der Nacht vorher war er über die Ufer getreten. Viele Krokodile liegen am Ufer oder schwimmen im Wasser.

Was wird es jetzt wieder geben? fragt sich der Kasperl und betrachtet das friedliche Bild. Nichts läßt die Gefährlichkeit der Krokodile ahnen. Kraniche, Reiher und Pelikane stehen am Ufer.

Da bemerkt der Kasperl, daß die Krokodile nicht gleich groß sind. Es gibt junge, oft sehr kleine Tiere darunter. Vielleicht könnte ich so ein kleines Tier fangen und dem Regenkönig im Regenwald verehren, denkt der Kasperl. Gleich ruft er Ali und fragt ihn.

Der ist hocherfreut: „Das wird das Richtige sein. Der Regenkönig verlangt sicher ein Geschenk, aber beim Fangen eines Krokodils müssen wir dir alle helfen."

Nachdem Ali mit den Lewutschen gesprochen hat, gehen diese mit ihren Speeren ins Wasser. Immer wieder stechen sie mit den Speeren, um die Krokodile zu vertreiben. So gelingt es dem Kasperl, ein hübsches kleines Tier zu fangen. Aus Zweigen wird ein Käfig gebaut, und da kommt das Krokodil hinein.

In der Nacht ist wieder ein entsetzliches Gewitter. Der Himmel öffnet seine Schleusen, es gießt in Strömen. Und am nächsten Morgen ist alles grün. Das Gras ist direkt aus dem Boden geschossen. Die Natur ist zu neuem Leben erwacht. Kasperls Befürchtungen, daß man auf dem durchweichten Boden kaum gehen kann, haben sich bestätigt.

Da fängt es neuerlich zu regnen an. Das Wasser rinnt an den Zweigen der Bäume herunter, die Wolken hängen tief, und es sieht aus, als ob sie ein Vorhang aus Wasser wären.

Auf einmal schreitet direkt vor ihnen aus dieser Regenwand eine große Gestalt: Es ist der Regenkönig.

Kasperl tritt hervor und macht einen Diener, dazu spricht er: ,,Ehrenwerter Herr König, mein Freund Seppl und ich begrüßen dich. Wir sind hergekommen, um dem Volk der Lewutschen zu helfen, die schon lange keinen Regen mehr gehabt haben. Untertänigst gestatten wir uns, dir dieses Krokodil zu überreichen.''

Der Regenkönig kommt näher und erwidert: ,,Ich danke euch für dieses Geschenk. Kasperl, du hast alle Aufgaben gelöst. Die Schlange lebt nicht mehr, der kleine Elefant wird wieder gesund, und meinen Wunsch nach einem Krokodil hast du auch erfüllt. So will ich auch eure Wünsche erfüllen. Geht wieder in euer Dorf zurück. Wenn ihr ankommt, wird es schon geregnet haben.''

Alle brechen in Jubel aus. Nach vielen Verbeugungen kehren sie um und machen sich auf den Heimweg. Der Rückmarsch geht schneller, da keine Aufgaben zu lösen sind. Nur der Seppl jammert unentwegt. Er hat alles satt. Die Hitze behagt ihm nicht. Das Essen schmeckt ihm nicht. Die aufgeweichten Wege ärgern ihn, weil bei jedem Schritt Wasser in die Schuhe schwappt. Kurzum, er erklärt dem Kasperl: ,,Einmal und nie wieder bringst du mich zu den Lewutschen.''

Jedoch der Ali wird immer stiller. Er hat sich so an den Kasperl angeschlossen. Auch imponiert ihm dieser, weil er so unerschrocken die Aufgaben gelöst hat. Wenn er nur bei ihm bleiben könnte! Aber der Kasperl erklärt ihm, daß das nicht geht. Die Reise ist zu lang. Außerdem ist es viel kälter als in Afrika, da würde der Ali immer frieren.

Aber der glaubt es nicht. Immer wieder sagt er dem Kasperl, daß er mitfahren möchte.

Am Abend machen sie noch einmal halt. Die Spannung und der lange Weg, dazu die fürchterliche Hitze haben die Männer sehr ermüdet. So legen sie sich schnell auf ihre Matten und schlafen tief und fest.

Am Morgen scheint die Sonne. Kein Gewitter hat ihren Schlaf gestört. In Eile wird das Frühstück eingenommen, und dann geht es gleich weiter. Die Landschaft ist schön. Das Gras ist von Elefanten und Gazellen noch nicht niedergetreten. Wunderschöne Vögel fliegen über ihren Häuptern. Auf den Blättern der Bäume liegen Tautropfen, die wie Diamanten funkeln. Stundenlang wandern sie weiter. Die Männer können es nicht mehr erwarten, in ihr Dorf zu kommen.

Gegen Abend beginnt es zu regnen. Da sind die Lewutschen nicht mehr zu halten. Sie rennen, als ob sie keine Müdigkeit kennen. Kasperl, Seppl und Ali gehen hinterher. Nach der Hitze wirkt der Regen wie Balsam. Ihre Kräfte kehren zurück, und als sie ins Dorf kommen, freuen sie sich mit den glücklichen Menschen.

Am nächsten Tag nehmen Kasperl und Seppl Abschied. Sie bekommen vom Häuptling eine wunderschön geschnitzte Truhe. Einige Lewutschen heben sie auf ihre Schultern und begleiten die beiden Freunde bis ans Meer, wo sie auf einem Schiff die Heimreise antreten...

Die Großmutter und Gretel sind froh, daß die beiden endlich wieder daheim sind. „Was hat du denn da bekommen?" fragt die Gretel.

„Das ist eine handgeschnitzte Truhe", antwortet der Kasperl. „Ich denke, wir stellen sie ins Wohnzimmer, mach sie doch einmal auf."

Die Gretel schließt auf, und als sie den Deckel hebt, stößt sie einen gellenden Schrei aus.

Der Kasperl weiß nicht, was los ist: „Warum schreist du denn so?" Aber in diesem Augenblick sieht er es auch: Aus der Truhe kommt der Ali gekrochen. Sprachlos schaut der Kasperl den Ali an: „Wie hast du das gemacht?" fragt er.

Ali hüpft vergnügt umher, lacht und sagt zum Kasperl: ,,Ich habe es dir immer gesagt, daß ich bei dir bleiben will. Als der Häuptling sagte, daß er dir die Truhe schenken will, habe ich mir einen Essensvorrat geholt und bin in die Truhe gestiegen, so einfach war das!''

Die Gretel ist nicht gerade begeistert: ,,Was soll ich mit einem kleinen Neger im Haus?''

Nach einigem Überlegen sagt der Kasperl: ,,Wir lassen ihn vorläufig hier. Und wenn jemand nach Afrika fährt, muß er ihn mitnehmen.'' Und zu Ali sagt er: ,,Weißt du, für immer ist das hier nichts für dich. Wenn jemand nach Afrika fährt, nimmt er dich wieder zu den Lewutschen mit — einverstanden?''

Selig lächelnd sagt Ali: ,,Ja, aber ich kann wenigstens ein bißchen bei dir bleiben.''

Die Rache der bösen Hexe

In einem großen Schloß wohnen ein König und eine Königin mit ihrer Tochter. Die Prinzessin ist ein hübsches Mädchen, das alle gernhaben.

In einigen Tagen feiert sie ihren achtzehnten Geburtstag. Und aus diesem Grunde will der König ein großes Fest veranstalten. Nicht nur die Minister und königlichen Hofbeamten sind eingeladen, sondern das ganze Volk soll feiern und fröhlich sein. Die Königin hat alle Räume im Schloß herrichten lassen. Aus der ganzen Stadt sind Blumen gekommen, und die Gärtner binden davon die schönsten Sträuße und Girlanden. Der große Spiegelsaal ist am schönsten dekoriert, denn da soll der Ball stattfinden. Im Salon sind sogar die Stühle mit neuem Damast bezogen worden und im Zimmer der Königin die Rahmen der Bilder und Spiegel neu vergoldet worden.

In der Stadt wird natürlich auch eifrig gearbeitet. Aus dem schönen Brunnen auf dem Hauptplatz soll Wein fließen. Ein riesiger Ochse wird am Spieß gebraten, ebenso Schweine in Hülle und Fülle. In den Nebenstraßen brutzeln die Hühner auf dem Holzkohlengrill, und eine Unmenge von Salaten, Gurken und sonstigen Leckerbissen werden dazu gereicht. Alle Leute haben schon ihre Sonntagskleider hergerichtet. Geputzt und gebügelt, gewaschen und genäht — denn jeder will schön sein am Geburtstag der Prinzessin.

Kasperl, Gretel und die Großmutter haben auch schon alles bereit. Sie können den ersehnten Tag kaum erwarten. Am ärgsten treibt es der Seppl. Er weiß immer noch nicht, was er anziehen soll, jede Stunde probiert er etwas anderes.

Die Schneiderinnen des Reiches sind alle im Schloß. Denn sie müssen ja die Königin und die Prinzessin hübsch anziehen. Auch die Frauen der Minister und die Hofdamen bekommen neue Kleider. Immerzu schauen sie in den Spiegel, weil jede die Schönste sein will.

Die meiste Arbeit haben aber die Minister und die Sekretäre. Sie müssen die Einladungen schreiben und verschicken. Da darf niemand vergessen werden. Alles, was Rang und Namen hat, muß kommen. Die Prinzen und Prinzessinnen aus den angrenzenden Ländern, die gesamte Jugend aus dem Reich wird zum Ball eingeladen und schließlich auch die ältere Verwandtschaft des königlichen Hauses.

Endlich ist der große Tag da. Am frühen Morgen wird die Prinzessin nicht einfach von einer Hofdame geweckt — nein, die Schulkinder singen unter ihrem Fenster ein lustiges Lied. Dann kommt die Feuerwehr und spielt einen Marsch, daß die Prinzessin es nicht mehr aushält, im Bett zu bleiben. Sie springt auf und zieht sich eilig an. So schnell war sie noch nie fertig. Mit dem König und der Königin nimmt sie vor dem Schloß Aufstellung. Ein kleines Mädchen überreicht ihr einen Blumenstrauß. Dann kommt der Bürgermeister und hält eine Rede. Vor Aufregung verspricht er sich dauernd, aber schließlich überreicht er doch das Geschenk der Stadt. Eine schöne Silberkette, die wunderbar zu dem Festkleid paßt.

„Ach", flötet die Hofdame der Prinzessin, „wie hübsch das aussieht, ganz reizend!" Und der Minister — er spricht immer durch die Nase — findet alles „beautiful". Er glaubt, wenn er so etwas sagt, dann denken alle Anwesenden, er kann Englisch. Die Prinzessin muß heimlich lachen. Es klingt so komisch, wenn er seine englischen Worte näselt.

Dann gehen alle zum Frühstück. Es gibt feinste Bäckereien und Kakao mit Schlagobers. Schnell vergeht der Vormittag, da viele Gratulanten kommen. Die Prinzessin ist so glücklich an diesem Tag. Sie hat sich ihren Geburtstag nicht so schön vorgestellt.

Das Mittagessen findet nur im Kreise der königlichen Familie statt. Danach ruhen sich alle aus, denn der Vormittag war recht anstrengend. Am Nachmittag trifft sich die Prinzessin dann mit ihren Freundinnen — da wird lustig geplaudert und gelacht.

Die Eingeladenen gehen noch in die Stadt, um das bunte Leben und Treiben zu beobachten. Seppl hat den Kasperl getroffen, und so geht er auch mit der Gretel und der Großmutter. Sie finden einen passenden Tisch, wo sie genug Platz haben, und lassen sich die gebotenen Herrlichkeiten gut schmecken. Am meisten staunen Kasperl und Seppl über die vielen Gäste. Die Gretel und die Großmutter bewundern die schönen Kleider der Damen.

Am Abend ist es endlich soweit: zuerst das große Festessen und dann der Ball. Die Prinzen holen sich die Prinzessinnen zum Tanz. Zuerst tanzen sie ein wenig steif. Bei den ruhigen Tänzen ist das zu verstehen. Aber dann wird es lebhafter. Die Musikkapelle spielt flotte Melodien, und die Paare fliegen nur so dahin. Spät in der Nacht ist das schöne Fest zu Ende. Die Wagen mit den Pferden fahren vor. Die Gäste steigen ein und fahren nach Hause. Dann ist es im Schloß ruhig. Alles schläft.

In der Stadt wird noch ein wenig länger gefeiert. Der Wein wird ausgetrunken und das Fleisch aufgegessen. Und als die letzten in ihre Häuser huschen, geht im Osten bereits die Sonne auf.

Während man im Schloß den Geburtstag der Prinzessin feierte, geht die böse Hexe Neidina in ihrer Höhle wütend auf und ab. Sie kann es nicht verschmerzen, daß sie nicht zur Geburtstagsfeier der Prinzessin eingeladen worden war. Sie hatte sich am Nachmittag als nette Frau verkleidet und war in die Stadt gegangen. Da hat sie sich schon geärgert. Aber dann ist sie zum Schloß geschlichen und hat gesehen, wie sich alle bestens unterhalten, und nun kennt ihre Wut keine Grenzen mehr. Diese hochmütigen Minister kann sie nicht leiden, und die eingebildeten Hofdamen ärgerten sie schon immer.

,,Alle, außer mir, waren eingeladen'', quengelt sie vor sich hin. ,,Aber ich werde mich rächen'', sagt sie laut, und schließlich schreit sie: ,,Ich weiß, was ich mache, na, die werden schauen. Das werden sie noch bereuen, daß man mich nicht eingeladen hat!'' Dann setzt sie sich in ihren Ohrenstuhl, um nachzudenken, wie sie ihre Rache am besten bewerkstelligen kann. Sie will ja alle treffen, die im königlichen Schloß wohnen, denn die haben sich gut unterhalten, und nichts ärgert sie mehr, als wenn die Gesellschaft fröhlich ist. Je schneller sie ihre Rache ausführt, desto besser ist es. Denn in der Nacht nach dem Fest werden alle besonders tief schlafen, und niemand wird sie stören. Sie nimmt ihren Zauberbesen und hui, geht es in die Luft. Über die Bäume fliegt sie hinweg, wobei sie sich bemüht, leise zu sein. Niemand hat sie bemerkt.

Beim Schloß angekommen, senkt sie sich langsam auf die Erde. Alle Türen sind geschlossen. Sie geht um das Schloß herum — da entdeckt sie ein offenes Fenster. Leise, ganz leise klettert sie in das Zimmer. Da schläft ein Lakai. Ein Lakai ist ein Diener des Königs. Er hat den ganzen Tag laufen müssen und ist am Abend todmüde in sein Bett gefallen. Er schnarcht — und die Hexe Neidina ist überzeugt, daß er fest schläft. Sie durchquert das Zimmer und kommt zu einem Gang. Es ist der ,,Lange

Gang" zu den Zimmern des Königs. Da entdeckt sie einen großen Spiegel in goldenem Rahmen. Ja, der ist richtig. Sie schwenkt ihren Zauberbesen mehrmals über den Spiegel und spricht dabei den Zauberspruch:

„Walle Zauber, der du mein,
wer an dem Spiegel geht vorbei
und einen Blick wirft rasch hinein
fortan mit langer Nase sei."

Dann murmelt sie noch einige unverständliche Worte und macht sich davon. Leise, auf Zehenspitzen, geht sie wieder durch das Zimmer mit dem schlafenden Lakai und hinaus durchs Fenster. Auf ihrem Besen fliegt sie in ihre Höhle zurück.

Am Morgen geht der Minister den Gang entlang. Er eilt zum König, weil er wichtige Nachrichten noch vor dem Frühstück überreichen will. Er schaut in den Spiegel, da er sich mit seiner Morgentoilette sehr beeilt hat. Alles in Ordnung. Rasch hastet er weiter und klopft ans königliche Schlafzimmer. Der König ist bereits fertig und ruft: „Herein!" und im gleichen Augenblick, als der Minister das Zimmer betritt, ruft der König entsetzt: „Wie schaut er denn aus? Um Gottes willen, diese Nase!"

Der Minister ist erstaunt, wieder spricht er durch die Nase: „Was ist denn mit meiner Nase?" und greift — und fährt sich über das ganze Gesicht, schließlich geht er zum Spiegel im königlichen Schlafzimmer. „Mon dieu!" das soll heißen: „mein Gott", er spricht auch manchmal französische Worte, damit die Leute denken, französisch kann er auch, „was ist mit meiner Nase geschehen? Sie ist doppelt so groß, das ist ja entsetzlich." Schnell überreicht er dem König die Akten, die er besprechen wollte, und rennt einfach davon. Der König schüttelt den Kopf, er kann sich das nicht erklären. Dann läutet er, damit er sein Frühstück bekommt. Es klopft, und der Lakai betritt das Zimmer. Der König traut seinen Augen nicht, der Lakai, ein fescher Bursch aus der Stadt, der schon lang in seinen Diensten steht, hat auch eine riesige Nase.

,,Was hat du denn mit deiner Nase gemacht?'' fragt der König.

,,Mit meiner Nase?'' Der Lakai versteht nicht, was der König meint. Er hat nichts gespürt, aber als er sich in den Spiegel schaut, erschrickt er. Wieso habe ich eine so riesige Nase? denkt er, und laut sagt er zum König: ,,Ich kann doch nicht verzaubert sein!''

Als ihm der König erzählt, daß der Minister auch eine lange Nase bekommen hat, wird ihm unheimlich zumute. Nachdenklich geht er aus dem Zimmer. Dem König schmeckt sein Frühstück gar nicht. Er ißt nur wenig und geht dann in sein Arbeitszimmer. Da hört er seine Tochter singend den Gang entlang kommen. Sie will ihrem Vater ,,Guten Morgen'' sagen. Endlich ein Lichtblick an diesem Vormittag. Wenn er sein Kind sieht, dann ist dem König gleich besser. Doch welches Entsetzen! Die Prinzessin hat auch eine lange Nase! Der König schreit auf, die Prinzessin weiß gar nicht, was ihr Vater hat.

,,Wo kommst du her?'' will er wissen.

,,Von meinem Schlafzimmer'', antwortet sie. ,,Was hast du denn, Vater?''

,,Schau in den Spiegel, Kind, du bist entstellt, du armes Kind!''

Da war allerdings auch die Prinzessin erschrocken. Sie hat doch immer ein feines Näschen gehabt, und nun diese Nase! ,,Was soll ich nur machen?'' jammert sie. Aber der König weiß auch keinen Rat. Weinend läuft sie zu ihrer Mutter.

,,Da muß etwas geschehen'', ereifert sich diese und

geht zum König. Aber auch sie muß durch den „Langen Gang" gehen, und natürlich wirft auch sie einen Blick in den Spiegel beim Vorbeigehen. Daher kann der König nur noch fassungslos schauen, als die Königin sein Zimmer betritt.

„Hast, hast, du, du schon in den Spiegel geschaut?" bringt er mühsam heraus.

„Nein, ich habe anderes zu tun, als in den Spiegel zu schauen", antwortet würdevoll die Königin, „ich will mit dir sprechen, was geschehen soll. Mein armes Kind, sie kann doch nicht immer mit einer so langen Nase herumlaufen!"

„Na, dann ist es Zeit, daß du selbst in den Spiegel schaust, du hast nämlich auch so eine lange Nase", sagt der König.

„Um Himmels willen!" und schon fällt die Königin in Ohnmacht. Stürmisch klingelt der König und ruft nach der Hofdame.

„Was ist denn passiert?" fragt sie und sieht die ohnmächtige Königin auf dem Teppich liegen. Inzwischen ist auch der Lakai herbeigeeilt und will ihr helfen, die Königin auf das Sofa zu betten. Die ahnungslose Hofdame stößt einen Schrei aus, als sie die lange Nase der Königin sieht, und als sie sich dem Lakai zuwendet und auch dessen Nase sieht, wird sie ebenfalls ohnmächtig.

Der König sitzt vor seinem Schreibtisch, stützt den Kopf in seine Hände und kann nur immer sagen: „Furchtbar, was soll ich machen? Furchtbar, was soll ich machen?"

Durch das heftige Läuten des Königs sind noch mehrere Bedienstete herbeigelaufen. Alle, die durch den „Langen Gang" kamen, haben die gleichen langen Nasen. Die anderen, die von der Treppe kamen, haben keine langen Nasen. Ein wildes Durcheinander entsteht.

Da erwacht die Hofdame aus ihrer Ohnmacht. Sie flötet immer in den höchsten Tönen. So auch diesmal: ,,Wir sind verzaubert! Aber wer kann das gewesen sein? Es ist schröcklich, schrööcklich!''

Dem König geht das auf die Nerven, und er schickt sie hinaus. Er läßt die Königin in ihr Zimmer bringen. Dann befiehlt er alle Minister in sein Arbeitszimmer. Er will eine Beratung abhalten, was geschehen soll.

Endlich sitzen alle um den großen Tisch, teils mit langen Nasen, teils mit ihrem gewohnten Aussehen. Daher ist auch so schwierig festzustellen, wieso die einen die langen Nasen haben und die anderen nicht. Niemand kommt auf den Gedanken, daß der Spiegel im ,,Langen Gang'' verzaubert ist. Sie raten hin und her, aber heraus kommt dabei nichts. Worauf der König beschließt, den Kasperl auf sein Schloß holen zu lassen. Die Minister werden entlassen. Einige, die noch keine langen Nasen hatten, bekommen nun welche, weil sie jetzt an dem verzauberten Spiegel vorbeigehen.

Am nächsten Tag kommt der Kasperl ins Schloß. Er wird sogleich vorgelassen. ,,Ich bin froh, daß du da bist, Kasperl'', begrüßt ihn der König, ,,du bist so schlau, vielleicht kannst du uns helfen. Meinen Ministern ist nichts eingefallen.''

Der Kasperl hat noch nichts gehört von den Ereignissen im Schloß. Ihm fällt aber der Lakai auf, der ihn in das königliche Arbeitszimmer führt. Er hat keinen Lakai mit so einer Riesennase in Erinnerung. Als ihm der König alles erzählt hat, meint der Kasperl: ,,Das sieht ganz nach Rache aus. Wer kann sich am Königshof rächen wollen?''

Der König schüttelt den Kopf. Er weiß niemand, denn er hat noch nie jemand beleidigt.

,,Vielleicht wurde jemand bei der Geburtstagsfeier gekränkt?'' bohrt der Kasperl weiter.

Da läßt der König noch einmal die Minister und ihre Sekretäre kommen. Sie sollen die Listen der geladenen Gäste mitbringen. Aber auch da können der König und der Kasperl nichts finden. Und darum beschließt der Kasperl, die gute Fee Adeline aufzusuchen und sie um Rat zu bitten. Den Seppl will er mitnehmen.

Dem König ist das recht. Er ist schon froh, daß er an den Kasperl gedacht hat, denn der kann sicher helfen.

Kasperl und Seppl machen sie auf den Weg zur guten Fee Adeline. Diese wohnt hoch oben auf einem Berg in einem herrlichen Schloß, das ganz von Wolken verdeckt ist. Nur wenigen ist es bis jetzt geglückt, das Schloß zu finden. Natürlich weiß die gute Fee von den Ereignissen im Königsschloß. Sie weiß auch, daß die böse Hexe Neidina den Spiegel im ,,Langen Gang'' verzaubert hat.

,,Ja, aber warum denn?'' fragen Kasperl und Seppl wie aus einem Mund, ,,wer hat ihr denn etwas getan?'' Und da erfahren sie, daß es nur der Neid und die Wut war, weil sie nicht zur der Geburtstagsfeier der Prinzessin eingeladen war.

,,Also so war das'', sagt der Kasperl, ,,was können wir da tun?''

,,Es ist nicht leicht'', antwortet Adeline. ,,Ihr müßt zwei Dinge vollbringen. Zuerst den Zauber von dem Spiegel nehmen und dann der bösen Hexe den Zauberbesen wegnehmen, und das ist am schwersten.''

Dem Seppl wird schon angst und bang, aber der Kasperl meint mutig: ,,Also dann brechen wir auf und fangen gleich an!''

,,So schnell geht es nicht, ich muß euch erst einen Zaubervers lehren, damit ihr den Spiegel entzaubert. Hört gut zu und merkt euch den Spruch:

Ihr guten Geister eilt herbei
und tilgt die böse Zauberei.
Die langen Nasen sollen schwinden
und keine neuen gibt's zu künden.
Der Spiegel zeige euer Angesicht,
wie's sich für einen Spiegel schickt.

Dann mußt du dich dreimal um dich selbst drehen, Kasperl, und weiter sagen:

Der Zauberbann ist nun gebrochen,
der Hexenspruch dabei erloschen."

Der Kasperl lernt schnell den Spruch, und vorsichtshalber lernt der Seppl mit. Wenn ihn alle zwei können, kann nichts mehr passieren.

„Doch wie du den Zauberbesen in deine Gewalt bekommst, mußt du selbst entscheiden", prägt Adeline dem Kasperl ein, „da kann ich dir nicht mehr helfen."

Aber der Kasperl denkt, ihm wird schon etwas einfallen, und bedankt sich höflich bei der guten Fee. Kasperl und Seppl verabschieden sich und kehren ins Königsschloß zurück.

Nachdem der Kasperl dem König Bericht erstattet hat, meint er: „Wir dürfen nichts überstürzen. Wenn ich den Zauberspruch für den Spiegel sage, und die Hexe hat noch ihren Besen, kann sie wieder Unheil stiften. Das muß ganz schnell zusammen gehen."

Nach langem Überlegen wollen sie es so machen: Die böse Hexe Neidina wird in das Schloß eingeladen. Wenn sie dann zum Teetisch geführt wird, muß sie ja den Besen abstellen. Der Kasperl wird dann den Zauberspruch vor dem Spiegel sagen, in den Salon rennen und während die Hexe Tee trinkt, den Besen nehmen...

So ist es auch geschehen.

Die Hexe Neidina fühlte sich sehr geschmeichelt, daß sie in das Schloß eingeladen wurde. ,,Ha, jetzt haben sie eingesehen, daß ich auch wer bin. Die berühmte Hexe Neidina! Zum Tee haben sie mich eingeladen! Hi, hi, hi'', kichert sie und freut sich.

Am Nachmittag macht sie sich mit ihrem Besen auf, zum Schloß zu fliegen. Der Lakai empfängt sie, wobei sie wieder kichern muß, als sie seine lange Nase sieht. Im Salon stellt sie ihren Besen ab und wendet sich dem Tisch zu. Da stehen die herrlichsten Mehlspeisen, Torten und Kuchen und kleine Leckerbissen. Das Wasser rinnt ihr im Mund zusammen. Sie kann die Augen gar nicht abwenden, gierig schaut sie alles an.

Leise kommt der Kasperl näher, greift ihren Besen und rennt weg. Na, das war ein Geschrei! Laut jammert die böse Hexe um ihren Zauberbesen. Zum Schluß fleht sie den Kasperl an, ihn doch wieder herzugeben, da sie sonst zu Fuß nach Hause gehen muß und nicht mehr zaubern kann.

,,Das macht nichts!'' Der Kasperl bleibt ungerührt. ,,Du hast schon so viel Unheil angerichtet, weil du so böse bist. Dein Besen ist jetzt schon im Küchenherd verbrannt. Hei, das war ein Feuer!'' Der Kasperl freut sich, wenn er daran denkt.

Aber die Hexe funkelt mit ihren Augen und droht dem Kasperl, daß sie sich an ihm auch noch rächen wird.

,,Ist schon recht'', ihm macht das nichts aus, ,,geh jetzt und verschwinde in deiner Höhle!'' Mit diesen Worten hält er ihr die Tür auf, und sie geht wutentbrannt fort.

Dann stürmen die anderen herein, die alle keine langen Nasen mehr haben. Alles ruft durcheinander und freut sich. Da ruft der König: ,,Kommt und laßt es euch schmecken! Nach den großen Aufregungen müßt ihr euch erholen.''

Am glücklichsten aber ist die Prinzessin. Jetzt ist sie wieder ein hübsches Mädchen. Daher bedankt sie sich besonders beim Kasperl und schenkt ihm eine neue fesche Zipfelhaube.

Kasperl und der Maler Klecks

Es lebte einmal in einer Stadt ein tüchtiger Malermeister. Die Leute ließen gern bei ihm arbeiten, weil er zuverlässig und genau war. Er hatte einen einzigen Sohn, der ihm viel Kummer bereitete. Dieser Sohn wollte absolut nichts vom Geschäft des Vaters wissen. Die Mutter hatte ihm eine Staffelei gekauft, und so stand er den ganzen Tag davor und malte Bilder. „Was soll ich Fenster streichen oder Wände anschmieren, ich will Leinwand bemalen! Meine Bilder sind einzigartig schön!"

Die Mutter war in ihren Sohn vernarrt und nahm ihn immer in Schutz: „Von einem großen Künstler kann man nicht verlangen, daß er Wände streicht. Er soll nur seine Bilder malen!" Aber der Vater ärgerte sich, denn er wäre froh gewesen, wenn ihm der Sohn im Geschäft geholfen hätte. In der Stadt sagten die Leute nur: „Maler Klecks." So lächerlich fanden sie ihn. So ging es viele Jahre fort.

Eines Tages meinte die Mutter, es sei an der Zeit, daß der Sohn sich eine Frau suche.

„Wovon soll er denn mit einer Frau leben?" fragt der Vater. „Er verkauft doch keine Bilder. Bei uns stehen schon so viele herum, daß nicht einmal mehr auf dem Dachboden Platz ist."

„Ach was", antwortet die Mutter, „du verstehst rein gar nichts. Er soll ja nicht irgendeine Frau heiraten, er soll auf Reisen gehen und sich eine Prinzessin suchen."

Da kann der Vater sich vor Lachen nicht mehr halten. „Eine Prinzessin, eine Prinzessin, du bist total verrückt. Eine Prinzessin heiratet einen Prinzen, aber keinen Maler, der nichts kann."

Die Mutter läßt sich nicht von ihrem Plan abbringen. Sie läßt ihrem Sohn prächtige Gewänder schneidern, und an wunderschönen Hüten soll es auch nicht fehlen. Der Vater muß eine Karosse kaufen mit zwei Schimmeln, damit der Sohn elegant auftreten kann.

So fährt Klecks nach herzlichem Abschied von seinem Elternhaus davon. Er ist von dem Gedanken seiner Mutter begeistert und freut sich schon, mit einer Prinzessin heimzukehren. Hoffentlich, denkt er, bekommt die Prinzessin so viel Geld mit, daß wir uns ein Schloß bauen können. In einem großen Schloß kann ich alle meine Bilder unterbringen. Vielleicht werde ich mir auch einen Pavillon bauen, wo ich meine Bilder malen kann, da bin ich dann ganz ungestört.

So machte er die ganze Zeit Pläne, ohne Geld und ohne eine Prinzessin zu haben. Da erblickt er in der Ferne ein schönes Schloß. Es liegt auf einem Berg. Was für einen herrlichen Blick in das Land muß man von dort haben, denkt er. Er fährt weiter und kommt schließlich an das große Tor. Er klopft, klopft noch einmal, aber niemand öffnet. ,,He, was soll das'', ruft er empört, ,,wollt ihr mir nicht aufmachen?''

Da erscheint ein altes Männlein und fragt ihn nach seinem Begehr.

,,Habt ihr hier eine Prinzessin im Schloß? Wenn ja, möchte ich ihr einen Besuch abstatten.''

Das alte Männlein war sehr erstaunt. Der junge Mann hat aber schon gar keine Manieren, denkt er. Laut sagt er: ,,Geduldet Euch einen Augenblick, ich werde den Schloßherrn fragen, ob er Euch empfangen will.''

Nach kurzer Zeit kommt das Männlein wieder und teilt Klecks mit, daß die Prinzessin leider krank sei und niemand ihn empfangen könnte.

Da wird der junge Mann zornig und sagt: ,,Na, dann

nicht. Mir macht das nichts, ich fahre zum nächsten Schloß." Er wendet seinen Wagen und fährt weiter. Gegen Abend kommt er zum nächsten Schloß. Dieses liegt inmitten eines großen Waldes. Rehe und Hirsche äsen am Waldesrand. Der Weg führt an einem kristallklaren Bach vorbei, immer tiefer in den Wald. Welch herrlicher Wald, denkt der Maler und stellt sich schon vor, wie er mit der Prinzessin auf die Jagd gehen würde.

Beim Schloßtor stehen zwei Wächter, die ihn nach seinem Begehr fragen.

„Ich möchte dem Schloßherrn und seiner Familie die Aufwartung machen", und leise fügt Klecks hinzu: „Habt ihr eine Prinzessin im Haus?"

Die Wächter sagen ebenso leise: „Da sind fünf Prinzessinnen, und unser Herr möchte sie gern alle los sein."

Da freut sich der junge Mann. Fünf zur Auswahl, das läßt sich hören. So geht er beschwingt mit den beiden Wächtern ins Schloß. Der Schloßherr empfängt in sofort, und aus Freude, einen jungen Mann da zu haben, ladet er ihn gleich für ein paar Tage ein. Das hätte den Maler stutzig machen müssen, aber aus Freude, soviel Glück zu haben, denkt er nicht weiter nach.

Ein Zimmer wird ihm zugewiesen, wo er sich gleich erfrischt. Er zieht ein anderes herrliches Gewand an, hat ihm doch die Mutter reichlich Kleidung mitgegeben. So erscheint er zur abendlichen Tafel elegant und wirklich gut anzuschauen. Schloßherr und Schloßfrau sitzen schon mit ihren fünf Töchtern zu Tisch. Der Maler nimmt Platz, und jetzt erst kann er den fünf Prinzessinnen ins Gesicht sehen. Nein, das ist nicht möglich! Entsetzen schüttelt ihn. Die erste hat eine Nase, die so lang und spitz ist, daß die Prinzessin kaum essen kann. Die zweite hat einen Riesenkopf, der immer hin und her wackelt. Die dritte hat Ohren, so groß wie ein Elefant. Die vierte hat einen Mund von einem Ohr zum andern und fletscht die Zähne, daß jedem Fremden angst und bange wird. Die fünfte hat eine Stimme wie eine alte Hexe.

Alle sind zu dem jungen Mann sehr freundlich. Aber der denkt: Da wundert es mich nicht mehr, daß mich der Schloßherr gleich eingeladen hat. Vorsichtig versucht er im Gespräch herauszubekommen, ob die Familie wenigstens reich ist. Aber nichts dergleichen. Freimütig erzählen alle von ihrem furchtbaren Pech, das sie in den letzten Jahren heimgesucht hat. Die Ernte war durch den vielen Regen verfault. Die erste der Prinzessinnen hat sich den Fuß gebrochen. Die zweite hat sich den Arm gebrochen. Die dritte hat sich beim Baden im Schloßteich so verkühlt, hustet jetzt noch, daß das Bett wackelt. Die vierte hat in ihrem Zimmer mit dem Feuer gespielt und ist fast verbrannt, und die fünfte hat sich im Wald verlaufen und war drei Tage von einer Hexe eingesperrt gewesen. Da mußte der Schloßherr sein letztes Geld hergeben, um die Prinzessin von der Hexe auszulösen.

Klecks hat gar keinen Appetit mehr. Beim nächsten Morgengrauen spannt er seine Schimmel vor den Wagen, und bevor die anderen wach werden, hat er schon die Flucht ergriffen. In schneller Fahrt geht es durch den Wald. Er atmet auf, als er wieder freies Feld erreicht. Der Hunger plagt ihn, hatte er doch nicht gefrühstückt, aus Angst, daß er im Schloß bleiben müsse. So macht er beim nächsten Wirt halt und verlangt gut zu essen. Nachdem sein Hunger gestillt ist, bittet er den Wirt, sich zu ihm an den Tisch zu setzen.

„Wißt ihr vielleicht ein Schloß mit hübschen Prinzessinnen?" fragt er den Wirt.

Der antwortet: „Mit mehreren Prinzessinen weiß ich kein Schloß, aber mit einer wunderschönen Prinzessin weiß ich eines. Allerdings stellt sie drei Fragen an jeden

Bewerber, denn sie will nur demjenigen gehören, der so gescheit ist, daß er die Fragen beantworten kann. Bis jetzt ist es noch keinem gelungen."

Nun ist der junge Maler so verwöhnt und bewundert worden von seiner Mutter, daß er gar keinen Zweifel hegt, die Antworten zu wissen. So läßt er sich vom Wirt den Weg beschreiben und fährt mit seiner Karosse wieder los.

Zwei Tage ist er unterwegs, dann taucht ein schönes Schloß auf. Das wird es sein, denkt er, hoffentlich habe ich diesmal mehr Glück.

Das Tor in der Mauer ist bereits offen, denn der Türmer hat ihn schon gesehen. Er wird von einem Lakaien in den Salon geführt. Gleich darauf erscheint die Prinzessin mit ihrem Vater. Da hat der Wirt nicht zuwenig gesagt. Die Prinzessin ist das schönste Mädchen, daß unser Klecks je gesehen hat. Blaue Augen, lange blonde Haare und ein reizendes Lächeln verzaubert den jungen Mann sofort.

Er lächelt zurück, aber da bekommt er schon die erste kalte Dusche, denn der König spricht zu ihm: „Dein Lächeln kannst du dir für später aufheben, aber wahrscheinlich wird es dir später vergangen sein. Zuerst mußt du die drei Rätsel lösen, die dir meine Tochter aufgibt. Kannst du sie erraten, will sie dich zum Ehemann nehmen. Kannst du sie nicht erraten, wirst du mit Schimpf und Schande vom Hof gejagt."

Da unterbricht die Prinzessin ihren Vater: „Nein, du weißt doch, daß derjenige, der die Rätsel nicht lösen kann, in den Turm eingesperrt wird."

Das war zwar dem König nicht recht, er wollte nicht so grausam sein wie seine Tochter, aber er gibt doch nach und sagt: „Meinetwegen, wie du meinst." Und zu den Lakaien sagt er: „Ruft sofort den Minister des Inneren, den Schreiber und zwei Wächter herbei, damit wir beginnen können."

Als alle versammelt sind, geht es los. Die Prinzessin gibt dem Maler das erste Rätsel auf: ,,Ein Mann ging einst nach Glücksburg. Da begegneten ihm neun alte Bäuerinnen. Jede Bäuerin trug einen alten Sack auf dem Rücken. In jedem Sack waren neun Katzen, und jede Katze hatte neun Junge. Kätzchen, Katzen, Säcke, Bäuerinnen — wie viele gingen nach Glücksburg?"

Nun ist der junge Mann kein Rechenkünstler, aber diese Aufgabe scheint ihm gar nicht schwer. Wenn er alles zusammenrechnet, muß es 4x9 heißen, und das waren 36. Also sagt er frohgemut: ,,Ich denke 36."

Die Prinzessin lacht schallend: ,,Nur der Mann ging nach Glücksburg, die Bäuerinnen kamen doch von Glücksburg. Doch nun zum zweiten Rätsel: In einer Mühle stehen sieben Säcke. Auf jedem Sack liegen sieben Katzen, und jede Katze hat sieben Junge. Daneben steht der Müller und schaut zu. Wie viele Füße sind in der Mühle?"

Jetzt bin ich vorsichtiger, denkt Klecks. Aber so oft er auch rechnet, er bekommt immer dasselbe heraus, nämlich 58, und das sagt er auch.

Da platzt die Prinzessin schier vor Lachen und sagt: ,,Du bist doch der Dümmste, der mir je begegnet ist. Es sind nur zwei Füße, nämlich die vom Müller. Die Katzen haben Pfoten. Nun will ich barmherzig sein — wenn ich auch nicht deine Frau werden kann, so laß ich dich frei, wenn du das letzte Rätsel lösen kannst. Kannst du dieses auch nicht lösen, wirst du in den Turm gesperrt."

Vorsichtshalber stellen sich schon die beiden Wächter neben ihn, damit er auf keinen Fall davonlaufen kann.

Das dritte Rätsel lautet: ,,Wie viele Eier konnte der Riese Goliath nüchtern essen?"

Jetzt muß ich aufpassen, denkt der Maler: Ein Riese kann doch mindestens 20 Eier essen. Also antwortet Klecks: „Ei, 20 Eier kann er doch essen, oder nicht?"

Jetzt müssen sogar alle lachen über seine Dummheit. Da sagt tadelnd der König: „Nur ein Ei, denn wenn er eines gegessen hat, ist er doch nicht mehr nüchtern!"

Die beiden Wächter führen Klecks ab. In einem Schloß wollte er wohnen und eine Prinzessin zur Frau haben, und nun wird er in einen Turm eingesperrt und ... da denkt er an seine Mutter und fragt schüchtern: „Kann ich schnell ein paar Zeilen an meine Mutter schreiben, die weiß sonst gar nicht, wo ich geblieben bin."

Aber der König lehnt es ab und meint: „Mein Schreiber soll deine Mutter benachrichtigen, du selbst schreibst höchstens dummes Zeug." Und so geschah es auch.

Das Leben im Turm ist entsetzlich eintönig. Außerdem ist es kalt, und kein Sonnenstrahl dringt durch das kleine Fenster. Eines Nachts hört er seinen Namen rufen. Zuerst denkt er, er träumt. Aber da hört er wieder: „He, Maler Klecks, hörst du mich?"

„Wer ist da?" —

„Ich bin es, der Kasperl", flüstert es leise.

Hocherfreut ruft Klecks: „Wie kommst du denn her?"

„Deine Mutter hat mich aufgesucht, ob ich dich befreien kann. Hier habe ich dann einen Wächter bestochen, damit er mir dein Fenster zeigt. Verzage nicht, ich werde sehen, wie ich dich befreien kann!" Mit diesen Worten verschwindet der Kasperl. Da wird es dem Maler Klecks leichter ums Herz. Wenn der Kasperl hilft, dann ist Hoffnung, daß er aus dem fürchterlichen Gefängnis herauskommt.

Am frühen Morgen spaziert der Kasperl zum Schloßtor und verlangt Einlaß. Er wird zum König vorgelassen, und Kasperl bittet ihn um die Hand seiner Tochter, denn inzwischen hat er von den Rätseln gehört. Als der König ihm das gleiche sagt wie dem Klecks, ist er mit allem einverstanden. Wieder kommen die Königin, die Prinzessin, der Minister, der Schreiber und die beiden Wächter.

Donnerwetter, denkt der Kasperl, diese Prinzessin ist aber hübsch. Doch jetzt soll sie einmal selbst draufzahlen!

Schon beginnt die Prinzessin mit dem ersten Rätsel: „Was ist der Unterschied zwischen einem Pferd und einem Esel?"

„Das ist ganz einfach", sagt der Kasperl, „es sind schon viele Esel auf einem Pferd geritten, aber noch nie ein Pferd auf einem Esel."

Da wird die Prinzessin ganz blaß, denn die Antwort vom Kasperl ist richtig. Hochmütig nickt sie mit dem Kopf: „Und nun zum zweiten: Was kommt einmal in einer Minute, zweimal in einem Moment und nicht einmal in 1000 Jahren vor?"

Der Kasperl muß nicht einmal nachdenken, und schon weiß er es: „Der Buchstabe M."

Da wird die Prinzessin noch blasser, und noch hochmütiger gibt sie das dritte Rätsel auf: „Ein Schäfer sagt zum anderen: ‚Gib mir eines von deinen Schafen, dann haben wir beide gleich viel.' Der andere erwiderte ihm: ‚Gib mir eines von deinen, dann habe ich doppelt so viele wie du!' Wie viele Schafe hat jeder von ihnen; kannst du mir das sagen?" Die Prinzessin wartet gespannt auf die Antwort.

Der Kasperl läßt sie noch ein wenig warten, ehe er mit der Antwort herausplatzt: „5 und 7, das ist doch nicht schwer!"

Das war der Prinzessin zuviel. Weinend läuft sie hinaus. Aber der König besteht darauf, daß sie wieder in den Saal kommt. „Du hast es gehört, diesmal bist du besiegt worden. Du wirst ihn heiraten!" Die Prinzessin weint bitterlich, sie hat doch nicht im Traum daran gedacht, daß einmal einer ihre Rätsel lösen kann.

Aber der Kasperl sagt zum König: „Herr König, ich muß Ihnen gestehen, daß ich die Prinzessin gar nicht heiraten will." Erstaunt sehen alle den Kasperl an, und die Prinzessin hört gleich zu weinen auf, obwohl ihr das auch wieder nicht recht ist.

„Ich will nur den Klecks befreien, den ihr in den Turm gesperrt habt."

„Eigentlich bist du ein netter Kerl", sagt die Prinzessin zum Kasperl, „dich hätte ich wirklich geheiratet."

„Ach nein, Prinzessin, ich habe doch meine Gretel, mir ist es recht, wenn ihr den armen Maler freilaßt, und ich kann wieder mit ihm heimfahren. Außerdem möchte ich gar nicht so eine eingebildete, kalte Prinzessin zur Frau haben."

Da schämte sich die Prinzessin sehr.

Dem König ist es recht. Maler Klecks wird aus dem Turm geholt, und er fährt mit dem Kasperl in seiner schönen Karosse wieder heim. Riesengroße Freude herrscht bei seiner Ankunft im Elternhaus.

„Und wißt ihr was?" fragt er seine Eltern. „Was glaubt ihr, daß ich jetzt machen werde? Ich habe unterwegs lange mit dem Kasperl gesprochen, und er ist mit mir einer Meinung: Ich werde Maler wie mein Vater. Er kann sich jetzt zur Ruhe setzen, und ich werde ein ehrwürdiges Handwerk betreiben. Dann wird sich auch eine nette Frau finden, von den Prinzessinnen habe ich die Nase voll."

Alle lachen herzlich und freuen sich über den guten Ausgang.

Kasperl und die Seeräuber

Der Kasperl sägt gerade Holz im Hof, als der Bürgermeister erscheint. Er bittet Kasperl um eine Gefälligkeit. In einer weit entfernten Stadt am Meer wird ein Schiff getauft, und der Bürgermeister ist zu dieser Schiffstaufe eingeladen. Aber leider ist es ihm unmöglich, selbst zu fahren. So bittet er den Kasperl, für ihn die Glückwünsche seiner Stadt zu überbringen. Der Kasperl freut sich, daß der Bürgermeister gerade ihn ausgesucht hat.

Als der Kasperl von der Schiffstaufe zurückkommt, kann er gar nicht genug von dem großen Ereignis erzählen. Das Schiff ist zwar nicht sehr groß, aber mit seinen vielen Segeln macht es einen herrlichen Eindruck. Bald nach Kasperls Heimkehr läuft das Schiff aus, um seine Ladung in ferne Länder zu bringen.

Eines Tages kommt der Seppl zum Kasperl: „Hast du schon gehört, Kasperl, das Segelschiff, bei dem du bei der Schiffstaufe warst, ist verschollen."

Der Kasperl kann es nicht fassen: „Aber Seppl, ein Schiff kann doch nicht einfach verschwinden."

„Doch", sagt der Seppl, „es ist, wie ich sage. Kein Mensch weiß, wo das Schiff ist. Man vermutet, daß es Seeräuber gekapert haben."

„Was heißt gekapert?" fragt der Kasperl.

Der Seppl hat es auch gerade erst gehört: „Das heißt, daß sich Fremde des Schiffes bemächtigt haben. Also Seeräuber haben es jetzt."

Das ist schrecklich, denkt der Kasperl, da müssen der Seppl und ich aufs Meer, um Näheres zu erfahren. Also machen sich beide auf den Weg. Überall, wo sie hinkommen, herrscht große Aufregung: Das Schiff war vollbeladen an schönen Inseln mit Kokospalmen vorbeigekommen. Aber es hat nie seinen Bestimmungshafen erreicht, und niemand hat es mehr gesehen.

In einer stillen Bucht, abseits vom großen Verkehr, liegt jetzt das Schiff. Einige Helfer der Seeräuber sind dabei, das weiße Schiff kohlrabenschwarz anzustreichen, damit es niemand erkennt. Die Segel werden orangerot gefärbt. Die Ware wird ausgeladen, in kleinen Booten an Land gebracht und verkauft. Als alles fertig ist, gehen die Seeräuber auf das Schiff und lichten die Anker. Schnell fahren sie auf das offene Meer hinaus. Dabei halten sie nach einer neuen Beute Ausschau.

Kasperl und Seppl sind inzwischen beim Meer angekommen. Allerdings weiß niemand etwas Genaues über das verschwundene Schiff. Es gibt so viele Buchten, daß da leicht ein Schiff zu verstecken ist, hören sie von den Leuten und Seefahrern. Vorläufig kann man nur abwarten.

Was der Kasperl nicht weiß, ist, daß sich auf dem Schiff ein Klabautermann niedergelassen hat. Ein Klabautermann ist ein — ja, eigentlich weiß es niemand genau, was er ist und wie er aussieht. Manche sagen, ein Klabautermann ist klein, trägt eine rote Jacke, weite Seemannshosen und eine schwarze Kappe. Wenn das Schiff in Seenot gerät, warnt er die Mannschaft. Er untersucht immer wieder die Holzwände und klopft daran, so daß es keine undichte Stelle geben kann. Nicht auf jedem Schiff haust ein Klabautermann. Es muß ein besonderes Schiff sein und vor allem: Es ist vor Unglück geschützt. Kein Matrose aber hat je den Klabautermann gesehen.

Der kleine Klabautermann, der sich ganz unten im Schiff versteckt hält, rührt sich nicht. Seeräuber sind ihm unheimlich, und außerdem will er Seeräubern nicht helfen. Aber was soll er machen? Er hat keine Lust, immer auf einem Seeräuberschiff zu bleiben, und auf ein anderes Schiff kann er nicht gehen. Denn allen anständigen Schiffen weichen sie aus.

Da ereignet sich etwas, womit keiner gerechnet hat. In der Nacht ziehen schwarze Wolken auf, und ein fürchterlicher Sturm bricht los. Die Seeräuber sind nicht geschickt genug, das Schiff im Sturm zu manövrieren. Die Wellen schlagen haushoch, sodaß das Schiff hin und her schwankt. Der Sturm wird immer ärger. Der Regen stürzt herab, als hätte der Himmel alle Schleusen geöffnet. Bei einer besonders starken Bö kracht es fürchterlich.

„Der Mast ist gebrochen!" schreit einer, und sofort eilen die anderen zu Hilfe. Das Verdeck ist voll Wasser. Die Männer rutschen aus und müssen sich anbinden, um nicht über Bord gefegt zu werden. Die restliche Ladung kollert durcheinander, und dadurch legt sich das Schiff auf die Seite. Endlich gelingt es, das Schiff in eine Bucht zu steuern, wo Sturm und Regen nicht so wüten, wie auf dem freien Meer.

Am Morgen ist das Unwetter vorbei. Aber was war aus dem stolzen Schiff geworden? Die schwarze Farbe war abgewaschen, die orangeroten Segel haben ebenfalls ihre Farbe verloren. Allerdings sind sie noch nicht weiß, sondern schmutzig gelb. Die restlichen Waren im Schiff sind durch das Hin- und Herrutschen kaputt, voller Wasser und nicht mehr zu gebrauchen. Trübselig sitzen die Seeräuber beisammen.

Kasperl und Seppl haben nichts auskundschaften können, und sie beschließen, wieder heimzufahren. Da hören sie eine große Neuigkeit. Seeleute berichten, daß sie ein geheimnisvolles Schiff gesehen haben — so etwas war noch nie da.

„Es war eine finstere Nacht'', erzählt einer von ihnen, „Wolken fegten den Himmel entlang, denn am Tag vorher tobte ein entsetzlicher Sturm. Da tauchte ein Schiff auf, schwarz und weiß angestrichen, jedoch man hatte den Eindruck, daß die schwarze Farbe über die weiße lief. Der Mast stand schief. Die Segel waren nicht weiß, aber die richtige Farbe war nicht zu erkennen. Der Größe nach könnte es das verlorene Schiff sein.''

Da meint der Kasperl: „Könnte das Schiff nicht von Seeräubern gekapert worden sein, die das Schiff anders angestrichen haben, damit man es nicht erkennt?''

„Ha, und vielleicht haben sie auch die Segel gefärbt'', sagt ein anderer.

„Das wäre gar nicht dumm'', ließ sich der Seppl vernehmen, ''wie weit entfernt habt ihr das Schiff gesehen?''

„Das war nicht so weit von hier. Die große vorgelagerte Insel würde ihnen auf der Rückseite Schutz gewähren. Vielleicht ist das Schiff nicht mehr seetüchtig'', erklärt einer der Matrosen seine Ansicht.

Der Klabautermann sieht jetzt seine Stunde kommen. Er will dafür sorgen, daß die Mannschaft das Schiff verläßt. So klettert er leise hervor und versteckt sich unter den Mannschaftsräumen. Nachdem Mast und Segel wieder aufgestellt sind, fahren die Seeräuber hinaus aufs freie Meer. Da klopft der Klabautermann fest auf die Schiffsplanken. Die Seeräuber bekommen es mit der Angst zu tun. Der Klabautermann! O weh, immer wieder dieses Klopfen. Poch, poch, poch. Die Mannschaft will nicht mehr weiterfahren, nur noch das Schiff verlassen. Sie wenden, aber der Oberseeräuber sagt: „Wir sind jetzt zu nah an der Küste, laßt uns ausweichen.'' Das Schiff kreuzt eine Weile und verschwindet dann wieder. Die Seeräuber wollen damit erreichen, daß man sie nicht findet.

Nun fangen etliche der Matrosen an zu jammern, sie

wären krank. Der Oberseeräuber glaubt ihnen nicht, er denkt, sie verstellen sich, damit sie früher an Land können. Aber sie haben wirklich heftiges Fieber und können nicht mehr aufstehen. Bald ist die ganze Mannschaft schwer krank. Nun ist guter Rat teuer.

„Wir haben es ja gewußt, der Klabautermann ist schuld. Hätten wir nur kein Schiff genommen, auf dem ein Klabautermann haust", jammern etliche.

Der Oberseeräuber wird zornig: „Das kann man nie im voraus wissen, wir haben gedacht, das ist ein neues Schiff, und darauf ist es gut fahren."

Der Klabautermann freut sich. Er fängt an, heftig auf Holz zu pochen. Schauer jagen den Matrosen über den Rücken. Schwer krank und noch dazu das Pochen des Klabautermanns, das hält niemand aus.

An Land wird inzwischen ein großes Polizeiboot klar gemacht. Der Kasperl soll mitfahren, und der Seppl soll an Land warten. Ungefähr zwanzig Soldaten müssen noch mitfahren, um die Matrosen und Seeräuber gefangennehmen zu können. Mitten in der Nacht fährt das Polizeiboot los. Zum Glück herrscht jetzt gutes Wetter. Ein leichter Wind bläst, sodaß die Segel gebläht sind, aber keinen Lärm machen. Manchmal fahren sie an vorbeifahrende Schiffe heran, schicken ein Ruderboot hin, um nachzufragen, ob das gekaperte Schiff gesehen wurde. Aber niemand weiß etwas davon.

„Dann halten sie sich versteckt", der Kasperl ist überzeugt davon. „Können wir nicht einmal um die große Insel herumfahren?"

„Das hat jetzt nicht mehr viel Zweck", sagt der Kapitän. „Ich würde vorschlagen, wir fahren in eine Bucht, ankern und legen uns eine Weile schlafen."

So wird es gemacht. Sie finden eine große Bucht, mit gutem Ausblick auf das Meer und die vorüberfahrenden

Schiffe. Der Kasperl steigt aus, nimmt eine Matte und eine Decke und legt sich etwas entfernt unter einen Baum.

Da zieht etwas an seiner Decke. Unwillig ob der Störung, zieht sich der Kasperl die Decke wieder über die Ohren. Da wird er noch einmal gezupft. Der Kasperl fährt in die Höhe: ,,Potz Blitz, ich will schlafen!'' und dreht sich auf die andere Seite. Es dauert nicht lange, und er wird mit einem Grashalm fest unter der Nase gekitzelt. ,,Hatschi, hatschi'', muß er niesen. Jetzt ist es endgültig aus mit dem Schlaf. Er will sich gerade aufsetzen, da sieht er ein kleines Männlein stehen. Es trägt eine rote Jacke, hat eine weite Seemannshose an und eine schwarze Kappe auf dem Kopf.

,,Je'', sagt der Kasperl, ,,der Klabautermann ist da.''

Ja, so ist es. Nur solche Geschöpfe wie der Kasperl können einen Klabautermann sehen und erkennen. ,,Was willst du mir sagen?'' flüstert der Kasperl.

,,Das Schiff liegt in der nächsten Bucht. Es war ein Glück, daß ihr hier hereingefahren seid, sonst hätten euch die Seeräuber mit Kanonenschüssen empfangen.''

,,Na, so etwas! Und was sollen wir jetzt machen?''

,,Auf dem Schiff ist durch den Sturm viel kaputt. Aber langsam kann man es noch in den Hafen bringen. Das ist das eine — und das andere: Die meisten Matrosen sind schwer krank, auch zwei Seeräuber liegen im Fieber in ihren Hängematten. So kann die Mannschaft leicht überwältigt werden. Allerdings sind die Kanonen immer noch besetzt. Daher ist es am besten, ihr kommt jetzt gleich, solange es noch dunkel ist.''

Das leuchtet dem Kasperl ein.

Noch etwas muß ihm der Klabautermann sagen: ,,Ich geh' jetzt wieder auf das Schiff zurück. Da kann für euch nichts mehr schiefgehen.''

Der Kasperl weckt sofort den Kapitän und die Soldaten. Ganz leise machen sich alle fertig und schleichen in die nächste Bucht. Lautlos können sie einige festnehmen, die an Land geschlafen haben. Die Soldaten steigen dann in ein Ruderboot und rudern vorsichtig, um ja keinen Lärm zu machen, zum Schiff. Die Seeräuber wollen ihnen noch einen Kampf liefern, aber dazu haben sie keine Kraft mehr. Schnell sind die gesunden überwältigt und gefesselt. Danach werden die Kranken aus ihren Kojen geholt und auf das Polizeiboot gebracht. Es geht alles Schlag auf Schlag.

Sobald das Polizeiboot die Seeräuber mit ihrer Mannschaft an Land gebracht hat, wird das einstmals schöne Schiff mühsam zurückgebracht. Es muß frisch gestrichen werden, und neue Segel muß es bekommen. Bis dann auch die Sturmschäden beseitigt sind, kann es wieder auf große Fahrt gehen. Große Freude herrscht darüber, daß das Schiff nicht mehr in den Händen der Seeräuber ist.

Als alle gesund sind, findet die Gerichtsverhandlung über die Seeräuber statt. In dem großen Gerichtssaal haben sich viele Menschen eingefunden. Da werden die Gefangenen hereingeführt: zuerst der Oberseeräuber, dann die anderen Seeräuber und zum Schluß die Matrosen. Als der Richter sie fragt, warum sie so etwas machen, sagen sie, sie wollten schnell reich werden. Damit ist es jetzt aus. Zur Strafe müssen sie viele Jahre in der Schiffsbauwerft arbeiten.

Der Kasperl aber denkt: Die werden da nicht lange arbeiten. Eines Tages werden sie durchbrennen, und wieder werden Seeräuber auf den Meeren fahren.

Der Klabautermann ist auf dem Schiff geblieben. Schließlich ist alles gut ausgegangen. Dieses schöne Schiff ist die Heimat für den Kleinen mit der roten Jacke, den weiten Seemannshosen und der schwarzen Kappe.

Der Zauberer mit der Spinnenhöhle

Seit kurzem ist der Seppl Diener beim König. ,,Weißt du, Seppl, warum du mir so gut gefällst?'' sagt eines Tages der König, ,,weil du immer fröhlich bist. Ich mag es nicht, wenn jemand Launen hat. Was willst du heute machen?''

,,Ja, wenn ich mir etwas wünschen darf, dann möchte ich gern den Kasperl zum Kaffee einladen.''

Der König ist einverstanden. Vorsichtshalber fragt er den Seppl: ,,Ist der Kasperl auch so lustig wie du?''

Da kann der Seppl nur antworten: ,,Selbstverständlich, Herr König, sonst wäre er nicht mein bester Freund. Ich laufe gleich und lade ihn für heute nachmittag ein.'' Und fort ist er.

Der König setzt sich auf seinem Thron zurecht, denn er erwartet die Minister. Sie sollen ihm berichten, was es in seinem Königreich Neues gibt. Da donnert und kracht es, sodaß der König erschrickt — das können doch nicht seine Minister sein! Die Vorhänge wehen in die Höhe; es klirrt, als wenn Glas zerbricht, und dann steht ein Zauberer vor ihm. Er hat einen ganz spitzen, hohen Hut auf und einen Zauberstab in der Hand. Entsetzt schaut der König ihn an und ist nicht fähig, sich zu rühren. Mit lauter Stimme ertönt der Zauberspruch:

,,Hokus, pokus, Zaubermacht
hilf mir rasch und gib gut acht!

Bring den König fort vom Reich
in die Spinnenhöhle gleich.
Ich will selbst der Herrscher sein,
damit dies Land wird recht gedeihn."

Im selben Augenblick ist der König verschwunden, und der Zauberer setzt sich auf den Thron.

Da kommt der Seppl zurück. Nachdem er kurz angeklopft hat, ist er schon im Thronsaal: „Herr König..." nanu, denkt er, was ist denn das? Das ist doch nicht mein König!

Da spricht auch schon der Zauberer: „Jetzt bin ich der König, merk dir das! Deinen früheren Herrn habe ich in meine Spinnenhöhle gezaubert. Du hast jetzt mir zu folgen. Als erstes mußt du mein Zauberbuch abstauben. Aber daß du mir ja nicht hineinschaust! Wenn du nur ein bißchen hineinschaust, verzaubere ich dich in eine Schokoladetorte und esse dich auf! Ha, ha, ha, deine Augen sind ja ganz groß vor Entsetzen. Beruhige dich, wenn du tust, was ich sage, geschieht dir nichts." Mit diesen Worten verläßt er den Raum.

Was soll ich machen? sinniert der Seppl. Den Kasperl gleich holen? Der arme König! Was wird die Königin sagen?

Er geht zum Fenster und schaut in den Garten. Da sieht er den Kasperl rennen. „Kasperl, Kasperl", ruft er, „komm schnell herauf!" Und als der Kasperl da ist: „Wieso rennst du im Schloßpark herum?"

„Ich wollte dich fragen, ob ich meinen guten Anzug anziehen muß, wenn ich beim König zum Kaffee eingeladen bin."

„Etwas Besseres konnte dir gar nicht einfallen", sagt der Seppl und erzählt ihm das traurige Schicksal des Königs.

„Wo ist das Zauberbuch?" fragt der Kasperl, „gib es her!"

Aber der Seppl zittert vor Angst: „Ich darf nicht hineinschauen, sonst werde ich auch verzaubert."

„Aber ich schon", der Kasperl ist energisch, „ich weiß von nichts. Mir hat noch niemand etwas gesagt."

Da reicht ihm der Seppl das Zauberbuch. „Komisch", sagt der Kasperl, „das schaut genauso aus wie das Kochbuch meiner Großmutter. Weißt du was, ich werde schnell das Kochbuch holen, und wir tauschen es gegen das Zauberbuch aus."

„Aber wenn wir erwischt werden? Der Zauberer versteht keinen Spaß!"

„Wisch du ordentlich Staub, und sei vorsichtig mit dem kostbaren Buch!" Lachend läuft der Kasperl davon.

Nach kurzer Zeit kommt er mit dem Kochbuch seiner Großmutter zurück. Damit nichts auffällt, wenn der Zauberer unverhofft hereinkommen sollte, stellt sich der Seppl zu einem kleinen Tisch und wischt an dem Kochbuch herum. Der Kasperl setzt sich zum Schreibtisch und studiert das Zauberbuch. Und schon fängt er an:

„Seite 210, Absatz 24, das ist ja ungeheuer", murmelt er vor sich hin.

Aber der Seppl hat es gehört: „Was fällt dir ein, du wirst doch nicht zaubern wollen."

„Ach, nur ein wenig", versichert der Kasperl, „dir geschieht schon nichts."

„Aber wenn der Zauberer kommt?"

„Der hat jetzt im Schloß zu tun, sonst hätte er nicht gesagt, du sollst das Buch abstauben."

„Hätte ich dich bloß nicht gerufen, du bringst uns alle in Gefahr", stottert der Seppl, er hat schreckliche Angst.

Der Kasperl läßt sich nicht beirren und liest weiter:

,,Seite 256, Absatz 73, das wäre auch interessant. Da steht wie Menschen in Tiere verzaubert werden können. Ha, ha, ha, das ist lustig.''

Der Seppl ist empört: ,,Ich möchte wissen, was daran lustig sein soll, zum Beispiel in einen Hund verzaubert zu werden!''

,,Vielleicht willst du lieber ein Vogel sein und mußt dann piep, piep machen?'' Der Kasperl will sich totlachen. Aber schließlich hat er doch Mitleid mit dem Seppl und redet ihm gut zu. ,,Du mußt mich unbedingt einmal zaubern lassen, sonst weiß ich doch nicht, was wir tun können, um den König wieder herbeizuzaubern.''

Das sieht der Seppl ein. ,,Gut'', sagt er, ,,aber ja nicht mich in ein Tier verzaubern!''

Der Kasperl verspricht es ihm und blättert weiter. Er ist schon auf Seite 322, Absatz 65: ,,Du, hier steht etwas von Besen. Das wäre doch gut. Wenn da der Zauberer hereinkommt, denkt er, wir machen den Thronsaal sauber.''

Damit ist der Seppl einverstanden.

,,Aber ich habe ja keinen Zauberbesen'', fällt dem Kasperl ein, ,,da werde ich gar nicht zaubern können, das ist zu dumm.'' Nun ist guter Rat teuer. Da beschließt der Kasperl, im Garten einen Ast zu suchen, der wie ein Zauberstab aussieht. Vielleicht geht es damit. Er hat Glück. Er findet einen geraden Ast, von dem er nur ein paar Blätter entfernen muß. In seiner Hosentasche hat er noch eine rote Kordel, die er vor ein paar Tagen der Gretel abgebettelt hat, weil sie ihm so gut gefiel. Die wickelt er um das Holz, und siehe da, jetzt sieht es wirklich wie ein echter Zauberstab aus.

Vorsichtig schleicht Kasperl durch das Treppenhaus, damit er dem Zauberer nicht begegnet. Dann ist er wieder im Saal. ,,So, nun kann es losgehen'', sagt er zum Seppl, ,,probieren wir die Sache mit den Besen:

Larifari, eins, zwei, drei,
Besen, Besen kommt herbei!
Larifari, vier, fünf, sechs,
Besen kommen von der Hex!"

Da sausen drei Besen herbei und schlagen fest auf den Seppl und den Kasperl ein. „Halt! halt!" ruft dieser, „das muß ein Irrtum sein. Ihr könnt uns doch nicht verhauen!" Aber die Besen klopfen fest weiter, sodaß der Seppl schreit wie am Spieß.

Schnell schaut der Kasperl wieder in das Zauberbuch, und zum Glück findet er gleich die passende Stelle:

„Besen, Besen seid gewesen,
in die Ecke Besen, Besen!
Sieben, acht, neun und zehn,
fort auf Nimmerwiedersehen!"

„Auweh, auweh", jammert der Seppl, „das war arg. Wie konntest du nur so eine Stelle aussuchen?"

„Das war die beste Stelle, die wir finden konnten, du verstehst wohl nicht, was das bedeutet?"

Nein, der Seppl weiß es wirklich nicht. Mühsam setzt er sich wieder an das Tischchen und stützt seinen Kopf in beide Hände. Der Schreck und der Schmerz sitzen ihm noch in allen Gliedern.

„Jetzt hör mir einmal genau zu", fordert der Kasperl den Seppl auf, „nachdem es mir wirklich gelungen ist zu zaubern, kann ich doch denselben Spruch sagen und den Zauberer fest verhauen lassen. Dann wird es mir auch gelingen, ihn fort und deinen König wieder herbeizuzaubern."

„Aber was machen wir, wenn sein Zauberstab stärker ist als unserer", der Seppl hat dauernd Bedenken.

„Naja, dann haben wir eben Pech gehabt", der Kasperl zuckt mit den Schultern, „wie soll ich wissen, was dann passiert. Du willst doch, daß der König wieder hier ist?"

Natürlich will das der Seppl. Wenn er nur nicht so ängstlich wäre.

„Jetzt muß ich vor allem den Zauberspruch finden, mit dem ich den Zauberer wegzaubern kann. Du mußt ruhig sein und mich nicht stören", sagt er zum Seppl. Seite 427, Absatz 15, vielleicht wäre das etwas. Der Kasperl liest ganz leise für sich:

Hokus, pokus, Zaubermacht
hilf mir rasch und gib gut acht,
bring den Zauberer nur fort
in die Spinnenhöhle dort.

„Das ist gut", sagt der Kasperl, „den Spruch nehmen wir. Jetzt muß ich noch einen für den König suchen."

„Beeile dich bloß", treibt der Seppl den Kasperl an, „du mußt fertig sein, wenn der Zauberer kommt, sonst ist es um uns geschehen."

Aber der Kasperl ist die Ruhe selbst: „Hetzen hat keinen Zweck. Dann kann es passieren, daß wir einen falschen Spruch sagen, und alle Mühe war umsonst."

Während der Seppl mit dem Staubtuch immer wieder über das Kochbuch fährt, damit der Zauberer nichts merkt, wenn er plötzlich in den Saal kommt, blättert der Kasperl weiter und murmelt vor sich hin: Seite 523, Absatz 2: Wie man ein feines Essen herzaubert. „Ha, das wäre was, Seppl, höre: Wie man ein feines Essen herzaubert."

„Kasperl du bist schrecklich, wie kannst du nur ans Essen denken. Ich brächte keinen Bissen hinunter."

Kasperl blättert weiter: Seite 566, Absatz 7: Wie Wein aus dem Brunnen fließen kann, und schon ruft er: „Seppl, hör doch: Wie Wein aus dem Brunnen fließen kann, und denk nur, dann kommen lauter Torten und Kuchen, die man herzaubern kann."

„Kasperl, bitte, bitte, suche jetzt endlich den Spruch für den König!"

„Mach' ich doch die ganze Zeit, ich kann doch nichts dafür, wenn ich beim Essen bin. Der Königspruch wird schon kommen."

Eifrig blättert er weiter. Seite 600, Absatz 1: „Hurra, jetzt haben wir ihn, Seppl, paß auf:

Hokus, pokus, Zaubermacht
hilf mir rasch und gib gut acht:
Mit dem Zauberer sei es aus,
mit der Spinnenhöhle auch.
König darf er wieder sein,
damit sein Land kann gut gedeihn."

Vor Aufregung hat er den Zauberstab geschwungen und dabei laut den Zauberspruch gelesen. Hui, pfeift der Sturm durch den Saal, die Vorhänge schwingen in die Höhe, und plötzlich steht der König vor ihnen. Fassungslos schauen sich alle drei an.

Der Kasperl faßt sich als erster: „Potz Blitz, das ging aber schnell. Wo sind Sie jetzt hergekommen, Herr König", fragt er.

„Zuerst muß ich mich setzen", der König ist sehr schwach, „es war entsetzlich. Dieser Zauberer hat mich in eine Spinnenhöhle gezaubert. In der Höhle war es fast dunkel, allerdings konnte ich noch alles erkennen. Da krabbelten Spinnen in allen Größen umher. An den Wänden hingen Spinnen und an der Höhlendecke hingen

Spinnennetze, daß man denken konnte, es wäre ein ganz feiner Vorhang aus Tüll aufgehängt."

„Brrr", macht der Kasperl, „das hätte mir keinen Spaß gemacht."

„Mir auch nicht", der Seppl ist voller Mitgefühl.

„Aber jetzt müßt ihr mir erzählen, wieso ihr mich hergezaubert habt", verlangt der König, „wo ist der Zauberer?"

Nun erzählt der Kasperl von dem Tausch des Zauberbuchs mit dem Kochbuch, und wie er seinen Zauberspruch ausprobiert hat.

„Wir haben sehr viel Glück gehabt, daß der Zauberer noch nicht wieder aufgetaucht ist."

„Der wird noch im Schloß zu tun haben", meint der Seppl — von seiner Angst erzählt er nichts. Da geniert er sich doch.

„Wir dürfen nicht mehr warten", bestimmt der Kasperl, „der Zauberer wird bald kommen. Sie, Herr König, verstecken sich am besten hinter einem Vorhang, und der Seppl wischt weiter am Kochbuch."

Rasch versteckt sich der König. Er macht es so, wie der Kasperl gesagt hat. Er ist ja so glücklich, daß er wieder in seinem Schloß ist, und da will er nichts verderben. Der Kasperl setzt sich an den Schreibtisch und sucht die Stellen im Zauberbuch, die er braucht. Bei einer Stelle, wo er den Zauberer wegzaubern kann, legt er ein kleines Papier hin, ebenso auf der Seite, wo der Spruch für die Besen steht.

Endlich kommt der Zauberer herein. „Guten Tag, Herr Zauberer", sagt freundlich der Seppl.

„Du hast zu mir Herr König zu sagen", herrscht der ihn an, „gib mir mein Zauberbuch her, aber sofort!"

„Bitte sehr, hier ist es", und er reicht ihm das Kochbuch.

„Was soll das heißen, hier steht: Man nehme 1kg Mehl, 2 Eier... was hast du mit meinem Zauberbuch gemacht?"

Da bemerkt der Zauberer den Kasperl. „Was machst du hier? Bist du nicht der Kasperl?"

„Jawohl, der bin ich, Herr Zauberer, guten Tag."

Nun gerät der Zauberer in Zorn: „Was unterstehst du dich und setzt dich an meinen Schreibtisch! Außerdem hast du Herr König zu mir zu sagen. Ich bin jetzt König in diesem Land!"

Da lacht der Kasperl vergnügt und meint: „Das glaube ich nicht, Herr Zauberer. Denn der wirkliche König ist schon wieder hier. Kommen Sie, Herr König, und zeigen Sie sich!"

Da tritt der König hinter dem Vorhang hervor und setzt sich seelenruhig auf seinen Thron. Der Zauberer versteht gar nichts mehr. Zuerst der Kasperl und jetzt noch der König. „Wie ist er hierhergekommen, sofort muß er wieder in meine Spinnenhöhle verschwinden!" Er schaut wo er seinen Zauberstab hingelegt hat. Da findet der Kasperl, daß es höchste Zeit ist, dem Zauberer einen Denkzettel zu verpassen. Er schwingt seinen Zauberstab und sagt:

„Larifari, eins, zwei, drei,
Besen, Besen kommt herbei.
Larifari, vier, fünf, sechs,
Besen kommen von der Hex!"

Und schon sind drei Besen da und hauen fest auf den Zauberer ein.

„Haltet ein, haltet ein", ruft er, „wo ist mein Zauberstab? So helft mir doch, au, au."

„Du hast auch niemand geholfen. Im Gegenteil, du hast den König in deine Spinnenhöhle gezaubert. Den

König, der dir nie etwas getan hat, hast du vom Thron verstoßen."

„Kasperl, hilf mir doch. Ich werde nie wieder zaubern."

„Dazu wirst du auch keine Gelegenheit mehr haben."

Als der König sich für den Zauberer einsetzt, befiehlt der Kasperl den Besen:

„Besen, Besen seid gewesen,
in die Ecke Besen, Besen!
Sieben, acht, neun und zehn,
fort auf Nimmerwiedersehn!"

Der Zauberer atmet auf und will schleunigst verschwinden. Sein Abenteuer ist kläglich gescheitert. Er war nur kurze Zeit König. Dabei hatte er es sich so schön vorgestellt, König zu sein.

„Her mit dem Zauberbuch, ich verschwinde!"

„Nein", sagt da der Kasperl, „dir ist nicht zu trauen. Du hast viel zu gemein gehandelt. Das Zauberbuch wird verbrannt, und du wirst in Zukunft in deiner Spinnenhöhle bleiben:

„Hokus, pokus, Zaubermacht
hilf mir rasch und gib gut acht,
bring den Zauberer nur fort
in die Spinnenhöhle dort!"

Sofort ist der Zauberer weg. Das Zauberbuch schleudert der Seppl in den Kamin, damit es verbrennt. Der Kasperl wirft noch den Zauberstab nach, den er selbst gemacht hat.

„Herr König", der Kasperl sagt wieder einmal das Richtige, „gehen Sie zu Ihrer Königin, sie wird schon auf Sie warten. Auch wir, der Seppl und ich, wollen heimgehen, denn auf uns warten die Gretel und die Großmutter. Übrigens, wo ist das Kochbuch? Das müssen wir der Großmutter zurückbringen.''

Über die Geschichte mit dem Kochbuch hat der König herzlich gelacht. Er verabschiedet sich von den beiden und eilt zur Frau Königin, die ja in Angst und Sorge um ihn ist.

Die beiden Freunde machen sich auf den Heimweg. Der Seppl tritt seinen Dienst als Diener am nächsten Tag wieder an, vorerst hat er einen Tag frei.

,,Schade, daß wir keine Torte hergezaubert haben. Ich habe Hunger'' — das sieht dem Seppl ähnlich. Er wird sicher mit dem einfachen Kuchen der Gretel zufrieden sein.

Das verschwundene Los

Großmutter, Gretel und der Kasperl sitzen behaglich beisammen. Die Gretel hat eine Kanne Tee und das Teegeschirr hingestellt, Kasperl holt die Keksdose und freut sich schon auf einen gemütlichen Nachmittag.

Plötzlich klopft es laut an der Tür. „Kasperl, Kasperl, mach auf — ich bin's, der Seppl!" ertönt eine Stimme.

„Jaja, ich komm' ja schon, was ist denn los, daß du so einen Krach machst?" fragt der Kasperl.

Mit Schwung stolpert der Seppl ins Zimmer und schwenkt ein Papier heftig in der Hand: „Hier, schau, ich habe gewonnen, ich habe gewonnen, juchhu!" Der Seppl kann sich gar nicht fassen vor Freude.

Neugierig schauen die Gretel und der Kasperl das Los an. Die Großmutter meint: „Seppl, da freue ich mich mit dir. Was willst du denn anfangen mit deinem Gewinn?"

„Ach, das weiß ich doch noch gar nicht, ich bin so aufgeregt, daß ich gar nichts überlegen kann", sagt der Seppl.

„Komm, trink einen Tee mit und iß ein paar Kekse", ladet die Gretel den Seppl ein.

„Nein, danke, ich geh' schon wieder, ich muß es doch allen meinen Freunden erzählen." Er schüttelt allen die Hand, und weg ist er. Die Zurückbleibenden unterhalten sich noch eine Weile über Seppls Glück und freuen sich mit ihm; dann geht jeder wieder an seine Arbeit.

Nächsten Mittag geht der Kasperl zum Seppl. Vielleicht muß ich dem Seppl helfen, denkt der Kasperl. Er muß ja mit seinem Los den Gewinn abholen. Am besten gibt er das Geld zuerst auf die Sparkasse, bis er genau weiß, was er sich kaufen will, überlegt der Kasperl weiter.

Als er aber zum Seppl kommt, schläft dieser fest und tief. Sein Anzug liegt schlampig auf dem Boden, was man vom Seppl gar nicht gewohnt ist. Auch ist es schon Zeit zum Mittagessen. Er wird doch nicht krank sein, geht es dem Kasperl durch den Kopf. ,,Seppl, Seppl, wach auf! Was ist denn mit dir? Wieso liegst du im Bett?''

Der Kasperl rüttelt und schüttelt ihn. Doch der Seppl brummt nur: ,,Laß mich in Ruhe, ich will schlafen.''

,,Aber Seppl, es ist doch Mittag, was hast du nur?'' — Der Kasperl dreht das Radio auf, und laute Marschmusik ertönt.

,,Auweh, mein Kopf'', jammert der Seppl, ,,dreh ab, ich halte das nicht aus.''

Der Kasperl dreht die Musik noch lauter und kommandiert: ,,Aufstehen, marsch, marsch, eins — zwei, eins — zwei. Fest turnen, dann wirst du munter.''

Aber bei jedem Versuch aufzustehen, fällt der Seppl wieder auf das Bett zurück. Endlich steht er auf — aber was ist das für eine Jammergestalt!

,,Jetzt sag mir endlich, was mit dir los ist!'' fordert der Kasperl. ,,Wo ist dein Los? Ich will dir helfen, wenn du es einlöst, und dann mit dir auf die Sparkasse gehen, damit nichts verlorengeht.''

Aber der Seppl will schon wieder schlafen.

Der Kasperl fragt ihn streng: ,,Warst du in der Schule, Seppl?''

,,Nein, ich hätte doch keinen Parkplatz bekommen.''

,,Was redest du für einen Unsinn, du hast doch gar kein Auto!''

Im Schlaf murmelt der Seppl: ,,Nein, ein Fahrrad.''

,,Na, mit dem hättest du doch in die Schule fahren können.''

,,Nein, da war heute der Schulinspektor, und ich bin

doch der Dümmste in der Klasse.''

Der Kasperl wird ärgerlich: ,,Also jetzt ist es mir zu bunt, Seppl, nimm dich zusammen, du redest ja nur Unsinn.''

Der Seppl versucht sich zu erinnern: ,,Gestern bin ich mit dem Rad gefahren!''

,,Hat dich wer überholt?''

,,Ja, die Fußgänger.''

,,Seppl, ich meinte doch, ob dir dabei vielleicht jemand das Los weggenommen hat'', stellt der Kasperl richtig.

,,Nein, bei einem Reifen ist die Luft ausgegangen.''

,,Was hast du da gemacht?'' fragt der Kasperl.

,,Mir ein anderes Rad genommen'', behauptet der Seppl.

,,Ja hast du denn zwei Räder, Seppl?''

,,Nein, nur eines.''

,,Seppl'', schreit nun der Kasperl. Er ist ganz verzweifelt. ,,Bist du dann wirklich noch gefahren?''

,,Jaaa'', flüstert der Seppl, ,,ganz schnell.''

,,Warum schnell?'' will der Kasperl wissen.

,,Weil ich es nicht eilig hatte'', antwortet Seppl.

Aber jetzt hat der Kasperl endgültig die Geduld verloren. Er geht zum Waschtisch, ergreift einen großen Schwamm und fährt dem Seppl damit gehörig im Gesicht herum. Endlich wird der Seppl wirklich wach, schüttelt sich ein bißchen und sucht mühsam nach Hose und Jacke. Aber wo sind sie? Auch das Los ist fort! Er setzt sich wieder auf das Bett und stützt seinen Kopf in die Hände.

,,Nun, erzähl mal der Reihe nach'', beruhigt ihn der Kasperl. ,,Was hast du gemacht, nachdem du gestern von uns fort bist?''

Da gesteht der Seppl, daß er mit einigen Kameraden aus der Nachbarschaft in ein Gasthaus gegangen ist. Sie sind alle dort sehr lustig geworden und haben viel gelacht. ,,Da habe ich mein Los noch in der Tasche gehabt, das weiß ich ganz bestimmt.''

Der Kasperl ist sehr böse. ,,Wie kann man nur so etwas machen. Dazu bist du noch viel zu jung. Wärst du nur bei uns geblieben, aber nein, da mußt du fortlaufen und allen von deinem Glück erzählen. Kein Wunder, daß man dir das Los gestohlen hat!''

,,Schimpf doch nicht so'', jammert der Seppl, ,,hilf mir lieber, was soll ich nur machen?'' — und er beginnt zu weinen.

,,Zuerst einmal müssen wir dem Losgeschäft mitteilen, daß dein Los gestohlen wurde und daß es nicht ausbezahlt werden darf'', bestimmt der Kasperl. ,,Schnell, zieh dich an und komm mit.''

Augenblicklich folgt der Seppl.

,,Weißt du die Nummer von dem Los?'' fragt der Kasperl.

Eisiger Schreck durchzuckt den Seppl. Er denkt nach und stottert vor Aufregung: ,,Nicht ganz. Am Schluß waren zwei Nullen und am Anfang eine Drei und in der Mitte, das weiß ich sicher, eine Sieben.''

,,Das ist schon etwas, zwar nicht die richtige Nummer, aber man kann doch etwas damit anfangen'', meint der Kasperl, ,,aber jetzt schnell zum Geschäft.''

Zum Glück war noch niemand da, um das Geld abzuholen. Die Frau, welche die Lose verkauft hatte, schreibt sich die Nummern auf, die der Seppl noch weiß, und verspricht fest, das Geld nicht auszubezahlen.

,,So, und jetzt gehen wir erst einmal heim und essen zu Mittag. Die Gretel wird schon warten. Du gehst mit mir'', ordnet der Kasperl an.

Seppl sagt gar nichts mehr. Er hat ein schlechtes Gewissen und außerdem einen Riesenhunger. Die Gretel ist vorerst ärgerlich, denn das Essen ist schon seit langem fertig, als es beiden aber richtig gut schmeckt, freut sie sich doch.

Nach dem Essen schickt der Kasperl den Seppl heim, er soll sich ausruhen. Der Kasperl will allein sein und nachdenken.

Am besten ist, ich gehe einmal in das Gasthaus, wo der Seppl war, denkt der Kasperl.

Im Gasthaus angekommen, sagt der Wirt: „Ja, das Los habe ich gefunden. Es liegt in der Schublade!" Geht hin, macht auf und — das Los liegt nicht drinnen. „Potz Blitz, was ist denn das? Ich habe es doch selbst hineingetan. Das ist mir aber unangenehm."

Der Kasperl kennt den Wirt als ehrlichen Menschen und glaubt ihm. Er kann sich allerdings nicht erklären, was da passiert ist.

Kasperl geht wieder und begegnet dem Polizisten Wenzel. „Bleib doch einmal stehen und laß dir was erzählen", sagt er zu ihm.

Der Polizist hört sich die ganze Geschichte an und schüttelt den Kopf. „Das kann der Räuber Einäugl sein", meint er, „den suchen wir schon seit Wochen."

„Wieso heißt der Einäugl?" fragt der Kasperl.

„Weil er über einem Auge eine schwarze Binde trägt", antwortet Wenzel, „er will damit die Leute schrecken. Denn so eine schwarze Binde schaut schrecklich aus, und die Menschen fürchten sich viel mehr. Wenn du den findest, Kasperl, bekommst du sicher eine große Belohnung."

„Ich brauche keine Belohnung, ich will nur Seppls Los wiederfinden."

Mit den Worten: „Ist schon recht, ich wünsche dir viel Glück", geht Wenzel weiter.

Jetzt weiß ich schon entschieden mehr, denkt der Kasperl. Ich weiß, daß das Los aus der Schublade verschwunden ist, und ich weiß, daß der Räuber Einäugl in der Gegend gesucht wird. Jetzt muß ich nur noch der Gretel Bescheid sagen, daß sie sich nicht ängstigt, wenn ich am Abend nicht pünktlich heimkomme.

Kasperl sagt also der Gretel, daß er in den Wald gehen werde und sie nicht auf ihn warten soll. Er hat sich nämlich einen Plan zurechtgelegt. Wenn der Räuber gesucht wird, muß er sich verstecken. Und wo kann er sich verstecken? Am besten im Wald. Da gibt es Höhlen, alte Hütten und genug Bäume, die einen verbergen, wenn zum Beispiel Menschen in den Wald kommen, um Beeren zu suchen ... — so überlegt der Kasperl.

Nun macht er sich auf in den Wald. Er versucht, ganz leise zu gehen, damit keine Äste knacken und ihn verraten. Zuerst kommt er zu einer Höhle. Vorsichtig schaut er hinein. Nichts. Langsam tastet er sich an der Wand entlang. Nichts. Da, ein Lichtschein! Aber wieder nichts. Der Lichtschein kommt durch eine Öffnung von oben. Hier hält sich kein Räuber auf.

Der Kasperl geht weiter. Er kennt eine alte Hütte, wo vor langer Zeit die Kräuterliese gewohnt hat. Diese ist in einen anderen Wald ausgewandert und hat dort eine bessere Hütte gefunden. Lang schon steht ihre Hütte leer. Der Kasperl meint, wenn sich der Räuber einen Ofen hineingestellt und die Wände mit Stroh abgedichtet hat, könnte er wohl darin wohnen. Leise schleicht er näher. Da hört er lautes Schnarchen. Vorsichtig späht er durchs Fenster. Da liegt Einäugl auf einem Bett und schläft ganz fest. Leise öffnet Kasperl die Tür und geht in die Hütte. Auf dem Tisch sieht er ein langes Seil liegen. Da kommt ihm eine Idee. Behutsam zieht er das Seil unter dem Bett durch, über den Räuber, wieder unter dem Bett durch und wieder über den Räuber, bis er ganz fest zuzieht und Einäugl auf seinem eigenen Bett gefesselt ist.

Erschrocken fährt der Räuber in die Höhe. Das heißt, er kann es gar nicht. Das Seil hält ihn fest, gerade, daß er noch den Kopf heben kann. ,,Was willst du hier?'' schreit er wutentbrannt. ,,Gib sofort das Seil herunter!''

,,Zuerst einmal hole ich den Polizisten'', sagt der Kasperl in alle Ruhe, ,,und dann wollen wir weitersehen.''

Da verlegt sich Einäugl aufs Betteln. ,,Schau, Kasperl, was hast du denn davon, wenn du mich der Polizei auslieferst? Ich will dir auch etwas von meinen Schätzen geben, wenn du das Seil aufbindest.''

,,Nichts da!'' — Der Kerl glaubt wirklich, er kann mich bestechen, denkt der Kasperl.

,,Aber warum denn nicht'', bettelt Einäugl weiter, ,,sieh doch, ich habe hier ein Los, das gewonnen hat, da kannst du dir gleich den Gewinn holen!''

,,Da schau her'', freut sich der Kasperl, ,,gerade dieses Los habe ich gesucht! Sonst wäre ich gar nicht hergekommen!''

Da wird der Räuber noch wütender und reißt und zieht an dem Seil, daß die Bettstatt umkippt.

,,So liegst du noch besser'', lacht der Kasperl, ,,gleich bin ich wieder da.'' Und er rennt, so schnell er kann, in die Stadt.

Zuerst holt er den Seppl und dann den Polizisten Wenzel. Der kann es gar nicht glauben, daß der Kasperl wirklich den Räuber Einäugl gefangen hat. In raschem Tempo geht es wieder in den Wald zurück. Von weitem hören sie schon Einäugl toben und fluchen. Sie stellen das Bett wieder gerade hin, und der Polizist geht mit dem Kasperl daran, die Hütte zu untersuchen. Sie finden alles, was der Räuber gestohlen hat, auch das Los vom Seppl ist da. Ein Glück, daß Einäugl so müde war, daß er eingeschlafen hat. So ist Seppls Los noch nicht eingelöst.

„Mein Lieber", sagt Wenzel, „jetzt wirst du eine Weile brummen. Dann kannst du dir überlegen, ob du nicht doch anständig werden willst. Die Sachen lassen wir morgen alle abholen. Der Seppl kann sein Los nehmen. Aber du, Kasperl, mußt mir helfen, den Einäugl in die Stadt zu bringen, damit er sich nicht wieder losreißt."

So wird es gemacht. Am anderen Tag erhält der Kasperl vom Bürgermeister eine Belobigung. In die Zeitschrift des Ortes kommt sogar ein Bild von ihm. Das ganze Städtchen freut sich, daß der berüchtigte Räuber Einäugl gefangen ist.

Der Seppl aber verspricht dem Kasperl, daß er in Zukunft auf seine Sachen besser aufpassen wird.

Der Brunnengeist

Der Kasperl war im Begriff fortzugehen.

,,Nimm einen Schirm mit'', fordert ihn die Gretel auf.

Kasperl nimmt also seinen großen Schirm mit dem schönen hölzernen Griff und geht. Vor dem Haus bleibt er stehen, schaut zum Himmel hinauf, kehrt um und sagt zur Gretel: ,,Es wird nicht regnen, ich lass' den Schirm da.''

,,Wie du meinst'', sagt die Gretel und strickt weiter.

Der Kasperl geht wieder. Vor der Tür bleibt er stehen, schaut zum Himmel und brummt: ,,Es wird doch regnen'', macht kehrt und sagt zur Gretel: ,,Ich werde doch meinen Schirm mitnehmen, Wolken ziehen auf.''

,,Wie du meinst'', ertönt er aus der Ecke, wo die Gretel strickt.

Der Kasperl nimmt wieder seinen Schirm und verschwindet. Aber den ganzen Tag mit so einem Monstrum herumrennen zu müssen, behagt ihm gar nicht. Vielleicht regnet es doch nicht, denkt er, macht kehrt und geht ins Haus zurück. ,,Ich lass' meinen Schirm da, wenn es regnet, hab' ich halt Pech gehabt'', und er stellt seinen Schirm in den Schirmständer.

,,Wie du meinst'', sagt lässig die Gretel.

Da wird es dem Kasperl zu bunt. ,,Was soll das heißen ,Wie du meinst', ja kannst denn du nichts anderes sagen? Ewig dein ,Wie du meinst — wie du meinst''', äfft er die Gretel nach.

Aber da wird es der Gretel auch zu bunt, und sie schreit den Kasperl an: ,,Ja, weil du gar nicht weißt, was du willst. Da gehst du mit dem Schirm fort, dann bringst du ihn wieder, dann gehst wieder mit ihm fort und bringst ihn wieder zurück!"

Dann müssen beide herzlich lachen. Schirm her, Schirm hin — das ist doch kein Grund, sich zu zanken. Schließlich geht der Kasperl doch mit dem Schirm weg, und die Gretel setzt sich wieder hin und strickt weiter...

Auf dem Stadtplatz steht ein schöner Brunnen aus alter Zeit, der Tag und Nacht frisches Wasser spendet. Heute stehen die Frau Knatsch und die Frau Meier beim Brunnen und erzählen sich den Tratsch des Tages. Frau Knatsch hat ihre Tasche auf den Brunnenrand gestellt und Frau Meier ihre Handschuhe danebengelegt, weil ihr schon warm geworden ist.

„Wissen Sie schon, daß der Pauli im Kaufhaus Schokolade gestohlen hat", flüstert Frau Knatsch.

„Aber was noch schlimmer ist", plappert Frau Meier, „die Tochter vom Hausmeister im Dreierhaus will nicht mehr in die Schule gehen." — „Das müssen Sie mir genauer erzählen", drängt Frau Knatsch. — Und als die beiden Frauen mitten im schönsten Getratsche sind, wirft Frau Knatsch einen Blick auf den Brunnenrand und schreit plötzlich wie am Spieß: „Meine Tasche ist weg, sicher ist sie gestohlen worden!" Frau Meier ist ebenso entsetzt, weil ihre Handschuhe auch weg sind!

In diesem Augenblick kommt der Kasperl vorbei: „Ja, was haben Sie denn, meine Damen, warum schreien Sie denn so?" fragt er freundlich.

„Uns ist alles gestohlen worden", tönt es lautstark in seine Ohren.

„Das gibt es doch gar nicht", meint er und sieht sich um, ob er etwas Verdächtiges bemerkt.

„Ja, was glaubst du denn, Kasperl, wir erfinden doch nicht etwas. Meine Tasche und ihre Handschuhe sind auf dem Brunnenrand gelegen und nun ist alles fort", beteuert Frau Knatsch.

,,Da werden sie in den Brunnen gefallen sein'', vermutet der Kasperl und beugt sich weit hinein, ob er nicht etwas sieht. Er kann aber nicht das geringste bemerken. Seinen Schirm legt er ebenfalls auf den Brunnenrand und sagt zu den beiden Frauen: ,,Das Vernünftigste ist, wenn ich zur Polizei gehe.''

Er will seinen Schirm nehmen — aber der ist weg. ,,Ja, ist denn das die Möglichkeit, wo ist denn mein Schirm?''

Entsetzt rufen die beiden Frauen: ,,Wir haben ihn nicht genommen, Kasperl, geh schleunigst zur Polizei.''

Aber der hatte es auf einmal gar nicht mehr eilig, zur Polizei zu gehen. Unbeweglich steht er da und denkt nach. Da hat es doch vor langer Zeit einen Brunnengeist gegeben. Ob er wieder hierher gekommen ist und in diesem Brunnen haust?

Kasperl beschließt, sich zu verstecken und aufzupassen. Frau Knatsch und Frau Meier aber gehen fort, ununterbrochen jammernd und klagend. Man hört sie noch lange.

Da kommt der Seppl des Weges und ist erstaunt, den Kasperl beim Stadtbrunnen zu treffen. Als ihm der Kasperl alles erzählt, ist er sofort Feuer und Flamme, dem Kasperl zu helfen.

,,Weißt du was?'' sagt der Kasperl, ,,du gehst jetzt zu dem Geschäft da drüben und kaufst eine Flasche Milch und zwei Semmeln und stellst das Ganze auf den Brunnenrand. Dann verstecken wir uns und warten, was geschieht.''

Gesagt — getan. Und weil um den Stadtbrunnen viele alte Bäume stehen, können sich die beiden gut verstecken. Sie lassen den Brunnen nicht aus den Augen. Wie gebannt starren sie zu ihm hin, damit ihnen nichts entgeht.

Da, auf einmal sehen sie etwas Grünes, wie eine Hand

— und schon sind Milch und Semmeln weg!

Jetzt ist es klar, wer der Missetäter war. — Aber als sie hinstürzen, ist nichts Verdächtiges zu sehen.

„Was werden wir tun?" fragt der Seppl, „ich hab' große Angst."

„Wenn du willst, kannst du heimgehen, du brauchst nicht meinetwegen den Helden zu spielen", meint der Kasperl. Aber das will der Seppl nicht. Trotz seiner Angst will er dem Kasperl helfen. Und dem ist inzwischen schon etwas eingefallen.

„Ich geh' nach Hause und hole die Wäscheleine von der Gretel. Du bleibst hier und gibst acht, ob der Brunnengeist noch einmal in die Höhe kommt, aber versteck dich wieder!" ruft er noch hinterher — worauf der Seppl hinter einem Baum verschwindet.

Da kommt vom gegenüberliegenden Geschäft ein junger Mann heraus, lehnt sich an den Brunnenrand und liest die Zeitung — dabei verzehrt er ein Wurstbrot.

Nun wird es spannend, denkt der Seppl. Und wahrhaftig, da schiebt sich wieder eine grüne Pfote heraus, greift nach dem Wurstbrot und verschwindet. Der junge Mann liest immer noch in seiner Zeitung und ohne hinzuschauen, fingert er herum, aber er findet seit Wurstbrot nicht mehr. Verwundert schaut er den Brunnenrand entlang — nichts ist zu sehen. Er dreht sich um und schaut in den Brunnen hinein... „Zu dumm", sagt er laut vor sich hin, „da habe ich nicht aufgepaßt und mein Brot danebengelegt." Dann geht er wieder ins Geschäft zurück.

Der Seppl bleibt auf seinem Posten hinter dem Baum. Da kommt die kleine Lieserl mit einem schweren Korb voller Äpfel. Sie stellt ihn auf den Brunnenrand und trinkt durstig von dem Brunnenwasser.

„He!" ruft da der Seppl, „gib sofort deinen Korb weg!"

„Warum denn?“ fragt die Lieserl und schaut, von wo die Aufforderung kommt. Aber ehe ihr der Seppl alles erklären kann, ist der Korb weg. Zum Glück kommt der Kasperl mit der Wäscheleine zurück. Aufgeregt erzählt ihm der Seppl alles.

„Na, da ist es höchste Zeit, daß wir etwas unternehmen“, meint der Kasperl und spielt mit der Wäscheleine.

„Wozu brauchst du eigentlich die Wäscheleine?“ fragt der Seppl.

Da unterbreitet ihm der Kasperl seinen Plan: „Wir stellen etwas auf den Brunnenrand, und zwar gegenüber dem großem Haus. Ich lege mich auf der anderen Seite auf die Lauer. Sehe ich eine Pranke heraufkommen, werfe ich meine Wäscheleine wie ein Lasso, und ich hoffe den Brunnengeist so zu fangen.“

„Das ist eine tolle Idee, darauf wäre ich nie gekommen“, bewundert der Seppl seinen Freund.

„Was sollen wir denn auf den Brunnenrand stellen?“ fragt die Lieserl.

„Geh in das Geschäft und frag, ob du einen Karton bekommst“, bestimmt der Kasperl, „und du, Seppl, legst vorsichtig die Leine mit mir so über den Brunnen, daß ich zusammenziehen kann, wenn der Brunnengeist heraufkommt.“

Schnell hüpft die Lieserl in das Geschäft und kommt mit einer großen Schachtel zurück. Sie stellt sie genau in die Mitte des Brunnenrandes. Kasperl und Seppl sind auch mit ihrer Arbeit fertig. Seppl versteckt sich wieder hinter einem Baum. Kasperl kauert sich auf die andere Seite des Brunnens, der Schachtel genau gegenüber.

Da, auf einmal hört man Wasserplätschern, und eine grüne Pranke greift nach der Schachtel. — Rasch zieht der Kasperl die Leine zu — ein Ruck, wie wenn sich etwas wehrt — und alle sehen, daß der Kasperl wirklich den Wassermann gefangen hat.

Die Lieserl bekommt schreckliche Angst, und auch dem Seppl war es nicht geheuer. Aber der Kasperl ruft energisch: ,,Rühr dich nicht, du bist gefangen! Erzähl uns jetzt, warum du hier bist und den Leuten ihre Sachen stiehlst!''

Da beginnt der Wassermann zu jammern und zu klagen: ,,Die Menschen verunreinigen alle Gewässer. Sie werfen leere Dosen in die Seen und Gerümpel in die Flüsse. Einen ganzen Berg von alten Sachen habe ich schon zusammengetragen. Die Fische können nicht mehr richtig leben, Gänse und Enten schwimmen auf schmutzigem Wasser. Nun wollte ich es den Menschen heimzahlen, vielleicht ändern sie sich dann.''

Da sagt ihm der Kasperl seine Meinung: ,,Du hast recht, was du sagst stimmt genau. Aber du kannst nicht willkürlich einem Menschen etwas wegnehmen, der gar nichts dafür kann. Sieh, zum Beispiel die Lieserl. Das ist ein nettes Mädchen, das seiner Mutter brav hilft. Du hast ihr den Korb mit den Äpfeln weggenommen.''

,,Entschuldige'', dem Wassermann war das sehr peinlich.''

,,Siehst du'', redet der Kasperl weiter, ,,und der Frau Knatsch und der Frau Meier hast du die Tasche und die Handschuhe weggenommen. Sie sind zwar die größten Tratschtanten bei uns, aber das gibt dir nicht das Recht, ihnen etwas wegzunehmen. Und außerdem wissen sie ja nicht, warum das geschieht. Verstehst du das?''

Traurig nickt der Wassermann. Das war gründlich danebengegangen. Er wollte etwas Gutes tun und hat dabei alles falsch gemacht. Ein Glück, daß der Kasperl ihn gefangen hat.

,,Wißt ihr was, ich habe mir eben etwas vorgenommen", spricht der Kasperl ganz ernsthaft zu allen. „Wir drei, der Seppl, die Lieserl und ich, werden dafür sorgen, daß es wirklich besser wird. Wir werden selbst einmal nichts mehr ins Wasser werfen, was das Wasser verunreinigen könnte. Man muß sicher bei sich selbst anfangen. — Dann werden wir unseren Freunden und Bekannten sagen, daß sie Wasser nicht verunreinigen sollen!"

„Aber du, Wassermann, versprichst uns, daß du wieder hinausschwimmst in die großen Gewässer und unseren Stadtbrunnen verläßt. Die Sachen, die du genommen hast, wirst du wieder schön auf den Brunnenrand legen, damit die Besitzer sie wieder holen können. Das Wurstbrot und die Semmeln werden wir den Enten verfüttern."

Damit sind alle einverstanden. Der Wassermann legt alles auf den Brunnenrand. Er bedankt sich beim Kasperl. Eigentlich war er froh, wieder in große Gewässer tauchen zu können. Es war mit den Menschen nicht so einfach, wie er es sich vorgestellt hatte.

Der schöne Stadtbrunnen aber steht weiter auf seinem Platz. Im Sommer können wieder alle das frische Wasser trinken. Der Bürgermeister hat Blumenkästen aufstellen lassen. Geranien, Begonien und Blattpflanzen hat der Stadtgärtner hineingepflanzt. Wenn jetzt am Abend das Wasser leise plätschert und der Mond herabscheint, denken viele Bewohner: Wie schön haben wir es doch hier! Und sie achten darauf, daß kein Papier oder gar eine leere Dose das Bild verschandelt.

Der Lügensessel

Die liebe Hexe Bumibol sitzt in ihrer Stube und strickt. Sie ist eine liebe Hexe, obwohl man fast immer nur von bösen Hexen hört. Sie hat dicke Backen, sodaß man glaubt, sie bläst gerade eine Kerze aus. Außerdem ist sie sehr eitel und hat deshalb immer ein schönes Kopftuch umgebunden — Hexen tragen nun einmal keine Hüte! Und wenn die bösen Hexen flatternde Kleider haben, die ordentlich im Wind wehen, sobald sie auf ihren Besen reiten, so hat die liebe Hexe Bumibol ein schönes Flanellkleid an. Auf einem Besen kann sie auch nicht reiten. Wenn sie sich ihre Suppe kocht, wickelt sie sich rundum in eine große Schürze, damit ja kein Spritzer auf ihr schönes Kleid kommt.

Daß sie nicht auf einem Besen reiten kann, macht ihr nichts aus. Dafür hat sie etwas anderes: einen wunderschönen roten Sessel. Mit diesem hat es eine besondere Bewandtnis...

Plötzlich klopft es an der Tür.

„Herein", ruft Bumibol freundlich. Sie freut sich immer, wenn sie Besuch bekommt — Kasperl und Seppl sind es, die die liebe Hexe besuchen.

„Das freut mich aber, daß ihr wieder einmal bei mir hereinschaut."

„Ich habe daran gedacht, dich zu besuchen", macht sich der Seppl wichtig.

Eine Weile plaudern die drei fröhlich und sind guter Dinge. Da klopft es, und auf „Herein!" kommt Frau Meier. Sie fuchtelt wild mit ihren Armen herum, begrüßt alle übertrieben und setzt sich gleich in den roten Sessel.

„Bei Ihnen ist es aber nett", flötet sie freundlich.

Der Sessel rückt ein wenig.

„Die beiden kenne ich auch", und sie zeigt auf Kasperl und Seppl. „Was seid ihr doch für liebe Buben!"

Der Sessel rückt wieder ein wenig.

„Ja, das stimmt", sagt freundlich die liebe Hexe, „ich freue mich immer, wenn sie zu Besuch kommen."

„Natürlich", gibt ihr Frau Meier recht, „ich freue mich auch immer, wenn ich Besuch bekomme."

Da rückt der Sessel schon etwas mehr. Frau Meier merkt immer noch nichts.

„Was stricken Sie denn", fragt Frau Meier und schaut sich die Arbeit gut an. „Wie schön Sie das machen, ich könnte das nie!"

Und wieder rückt der Sessel auf die Seite.

Kasperl und Seppl kennen den roten Sessel der Hexe Bumibol. Wenn jemand, der in diesem Sessel sitzt, die Unwahrheit sagt, bewegt sich der Sessel. Wenn ein Mensch nur ein klein wenig mogelt, wackelt auch der Sessel nur ein wenig. Wenn jemand aber eine große Lüge ausspricht, kann es passieren, daß sich der Sessel so bewegt, daß der Betreffende herausfällt.

Nun, die Frau Meier ist keine große Lügnerin. Sie schwindelt aber gern und bleibt nicht ganz bei der Wahrheit, wenn sie sich unterhält. So bewegt sich der Sessel nur ruckweise.

Auf einmal sagt Frau Meier: „Jetzt muß ich gehen. Es hat mich gefreut, Sie alle zu sehen. Ich will noch Fenster putzen, wenn ich heimkomme." Da rückt der Sessel schon so gewaltig, daß Frau Meier erschrickt und sagt: „Das dürfte ein ganz alter Stuhl sein, den müssen sie reparieren lassen — aber jetzt muß ich wirklich gehen", und mit diesen Worten eilt sie hinaus.

Bumibol, Kasperl und Seppl lachen herzlich. Sie haben

Frau Meier durchschaut und sie beschließen, nicht so zu übertreiben und keine unaufrichtigen Schmeicheleien zu sagen.

Schon wieder klopft es. Seppls Schulfreundin kommt herein. Sie heißt Julia und ist ein hübsches, kleines Mädchen. Als sie alle begrüßt hat, setzt sie sich in den roten Sessel. Sie will sich immer hervortun. So fragt sie den Seppl: ,,Was hast du für Noten im Lesen und Rechnen?'' Der antwortet wahrheitsgemäß: ,,drei, und im Rechnen vier.'' Mitleidig schaut sie den Seppl an: ,,Oh, weh, ich habe immer eine eins!'' Da fällt sie beinahe hin, so wackelt der rote Sessel. ,,Was ist denn das? Seppl hast du mich gestoßen?''

,,Nein'', sagt der, ,,aber du lügst. Der Sessel, in dem du sitzt, ist ein Lügenstuhl. Wenn jemand lügt, bewegt er sich von selbst. Daher wärst du bald herausgefallen.''

Da fängt Julia zu weinen an. Bumibol tröstet sie und sagt zu ihr: ,,Merke dir, Julia, man soll nicht lügen. Außerdem ist es sehr peinlich, wenn man zugeben muß, daß man die Unwahrheit gesagt hat. Wirst du es nicht mehr tun?'' — ,,Nein, bestimmt nicht.'' Julia verspricht es ganz fest.

Sie verabschiedet sich bald. Der Nachmittag war ihr gründlich verdorben.

Bumibol, Kasperl und Seppl plaudern weiter. Kasperl und Seppl haben noch keine Lust fortzugehen. Da hören sie, wie im Hof etwas poltert, so als ob vom Holzstoß ein Stück Holz herabgefallen wäre. ,,Pst, leise'', flüstert der Kasperl, ,,ich schau hinaus, wer sich da herumtreibt.''

Auf Zehenspitzen geht der Kasperl vorsichtig in die Küche und versucht aus dem Fenster zu spähen, ohne gesehen zu werden. Dann eilt er zurück in die Stube und berichtet, daß er zwei Räuber im Hof gesehen habe.

Aber Bumibol erschrickt nicht, sie hat keine Angst.

„Weißt du was", sagt sie zum Kasperl, „der Seppl soll sich verstecken, und du holst die Polizei."

Kaum ist der Kasperl fort und der Seppl hinter dem Vorhang versteckt, kommen die beiden Räuber herein.

Einer der beiden ist der Räuber „Nimmweg" und der andere der Räuber „Fürchterlich". Nimmweg hat eine gewaltige Stimme. Wenn der etwas sagt, denkt jeder, das Haus fällt zusammen. So brüllt er auch jetzt los: „Gib uns sofort dein ganzes Geld!"

Aber Bumibol erwidert freundlich: „Setz dich doch zuerst einmal hin — dort in den roten Sessel, damit du es bequem hast." Na, das war dem Nimmweg noch nicht vorgekommen, daß ihn jemand zum Bleiben aufgefordert hat, wenn er Geld wollte. Fürchterlich setzt sich gleich auf einen anderen Stuhl und wartet gespannt, wie das werden würde. „Wozu brauchst du denn das Geld?" fragt Bumibol freundlich den Nimmweg. „Ach", sagt der wieder mit seiner donnergleichen Stimme, „ich will für arme Kinder Kleider und Wäsche kaufen." Doch kaum hat er das gesagt, dreht sich der rote Sessel, in dem er sitzt, zur Seite. Vorläufig merkt er es gar nicht.

„Das ist aber schön von dir, das hätte ich mir gar nicht gedacht. Du willst wirklich armen Kindern etwas kaufen?" fragt die liebe Hexe noch einmal.

„Natürlich, sonst hätte ich es doch nicht gesagt", brüllt er zurück. Wieder bewegt sich der rote Sessel und schaukelt ein wenig. „Was ist denn mit deinem Stuhl?" fragt er mißtrauisch, „mir war, als ob er sich bewegen würde!" — „Du sitzt ja auch nicht ruhig", meint Bumibol, „aber was ich dich noch fragen wollte: Bist du immer so wohltätig?" — „Wie kannst du nur fragen", antwortet Nimmweg, „ich bin der freigiebigste Mensch, den du dir denken kannst. Ich teile alles, was ich habe, mit meinen Mitbürgern."

Da macht der Sessel direkt einen Sprung, so arg war die Lüge des Nimmweg. ,,Du mußt ruhig sitzen'', sagt die freundliche Hexe, ,,du machst meinen Sessel kaputt.'' Da wird der Räuber zornig. ,,Hab dich nur nicht so, wegen deinem Sessel, man schaukelt sowieso dauernd, weil er schon alt ist.''

Da mußte Bumibol kichern, und auch der Seppl, hinter dem Vorhang, verbeißt das Lachen. Nun poltert Nimmweg gewaltig los: ,,Gib schon dein Geld her, wie lange willst du uns noch aufhalten mit deinem Geschwätz?''

Gelassen sagt die Hexe: ,,Ich will dich nicht aufhalten, sei doch nicht so nervös. Ich habe gern Gäste bei mir.'' — ,,Das ist schon recht'', sagt Fürchterlich, der bis jetzt geschwiegen hat, ,,steh endlich auf, Nimmweg, und setz dich auf einen anderen Stuhl! Wenn du so gemütlich sitzt, kommen wir nie fort.'' — ,,Ich will ja schon lange fort'', brüllt Nimmweg, ,,aber diese alte Hexe braucht ja so lang, bis sie ihr Geld herausrückt.'' Er steht auf und setzt sich auf den Stuhl von Fürchterlich, der selbst in dem bequemen roten Sessel Platz nimmt.

,,Wieso gehst du denn mit dem Räuber?'' fragt Bumibol den Fürchterlich. ,,Weil ich es satt habe, zu überlegen, was ich mit dem vielen Geld machen soll. Der Nimmweg teilt, und ich mache dann dasselbe wie er und kaufe auch den armen Kindern etwas.''

Beinahe wäre er aus dem Sessel gefallen, so hat der sich vorgebeugt. ,,Potzblitz, dieser Sessel ist ein altes Gerümpel!'' ärgert sich Fürchterlich.

,,Das kann ich verstehen'', nickt die liebe Hexe mit ihrem Kopf. ,,Was hast du denn früher gemacht'', will sie wissen. ,,Natürlich gearbeitet'', antwortet der Räuber. ,,Natürlich, natürlich'', wieder nickt die Hexe mit dem Kopf, und der Sessel dreht sich. ,,He!'' schreit Fürchterlich, ,,jetzt wird es mir aber zu bunt, in diesem Sessel kann keiner sitzen.'' Auch Nimmweg dauert es schon zu lange, er will ebenfalls das Geld haben. Mit Donnerstimme brüllt er: ,,Mach schnell, oder es wird dir leid tun!'' — ,,Wir werden selbst suchen'', tobt Fürchterlich und will aufstehen. Aber da haben sich schon die beiden Sessellehnen nach innen geschlossen, und der Räuber Fürchterlich kann nicht mehr aufstehen. Nimmweg schaut und ruft: ,,Wir sind in eine Falle geraten. Schnell fort!'' und will zur Tür hinaus. Da läuft er den Polizisten in die Arme, die gerade mit dem Kasperl kommen.

,,Besser hätte es gar nicht klappen können'', freut sich der Kasperl. ,,Da sitzt ja noch einer'', sagt erstaunt der Polizist Wenzel. ,,Wir werden erst einmal den einen wegbringen und dann den anderen.''

So wird es gemacht. Als die beiden Polizisten nach kurzer Zeit wiederkommen, öffnet Bumibol die Armlehnen des roten Sessels, und Fürchterlich wird fest unter den Armen gepackt und ins Gefängnis geschafft. Sein Schimpfen und Toben nützt ihm gar nichts. Die zwei Räuber können lange Zeit nichts mehr anstellen.

Bewundernd sagt der Kasperl: ,,So ein Sessel ist doch eine feine Sache. Wenn jemand nur ein wenig schwindelt, wie die Frau Meier, so ist das zwar nicht recht, aber es ist doch auch ein bisserl lustig. Anders ist es bei Julia. Sie hat mit guten Noten in der Schule angeben wollen. Als sie beim Lügen ertappt wurde, hat sie sich sehr geschämt. Sie wird es nicht mehr tun. Und das ist gut so. Doch wenn man damit zwei böse Räuber fangen kann, ist so ein Sessel Goldes wert.''

Die liebe Hexe Bumibol ist bescheiden. Sie will gar nicht, daß man lange darüber redet. ,,Es war ein Glück, daß die beiden gerade zu mir gekommen sind, Sie haben von meinem Sessel nichts gewußt. So konnten wir sie fangen, und sie bekommen ihre gerechte Strafe.''

„Das freut uns", meinen Kasperl und Seppl, und sie verabschieden sich freundlich von Bumibol. Nicht ohne ihr zu versprechen, daß sie bald wieder auf Besuch kommen.

Auf dem Heimweg sagt der Seppl: „Das war ein aufregender Nachmittag. Wie viele Leute gibt es doch, die lügen. Nicht zu glauben."

Der Eisriese und die Wetterhexe

Es ist ein stiller Wintertag am späten Nachmittag. Überall liegt Schnee. So ist auch der Straßenlärm gedämpft, und nur selten dringt ein Geräusch von der Außenwelt in das gemütliche Zimmer. Der Kasperl sitzt im Ohrensessel der Großmutter und trinkt seinen Tee. Da ruft die Gretel: „Kasperl, Kasperl!"

„Ja, wo brennt es denn, Gretel?" fragt der Kasperl und läßt sich nicht abhalten, weiter seinen Tee zu trinken.

Da wird die Gretel energisch: „Kasperl, du sollst mir doch helfen, Holz hinter dem Haus aufzuschlichten, sonst haben wir nicht genug zum Heizen an den Weihnachtsfeiertagen."

„Ach ja, richtig" — endlich stellt der Kasperl seine Tasse weg — „ich komme schon", sagt er und zieht sich eine warme Jacke an, dazu dicke Fäustlinge und geht hinter das Haus.

Es fängt wieder ganz sachte zu schneien an. Gretel und Kasperl schlichten eifrig Hand in Hand das Holz, das geschnitten einen riesigen Haufen bildet, ordentlich an die Hauswand.

Gegenüber Kasperls Haus sitzt Eva am Fenster der ebenerdigen Wohnung. Sie hat gerade ihre Schularbeiten beendet und schaut nun ein wenig träumend in das leichte Schneetreiben hinaus. Auf einmal bemerkt sie zwei Gestalten. Na, die schauen ja richtig abenteuerlich aus: Ein weibliches Wesen im weiten Rock, ein Tuch um die Schultern und ein dickes Tuch auf dem Kopf. Das andere Wesen schaut aus wie ein Mann, jedoch riesengroß und furchtbar häßlich, denkt sie.

Da hört Eva, wie die Frau zu dem Mann sagt: ,,Daß man dich wieder einmal sieht, Eisriese, wo hast du denn gesteckt?"

,,Wo soll ich gesteckt haben, Wetterhexe, natürlich hier in der Gegend, ich muß doch für viel Eis auf den Straßen sorgen, damit die Menschen hinfallen und sich die Knochen brechen", lacht er schallend, und die Wetterhexe kichert schadenfroh.

Der kleinen Eva wurde angst und bange. Sie hatte gar nicht gewußt, daß es einen Eisriesen und eine Wetterhexe gibt. Da hört sie schon die Wetterhexe sagen: ,,Das ist gut und schön, aber was mich ärgert, ist etwas ganz anderes. Es kommt das Weihnachtsfest, und alle Kinder bekommen die schönsten Geschenke. Nur wir beide bekommen nichts."

,,Wir sind eben nicht brav", brummt spöttisch der Eisriese.

,,Ach was, wie viele Kinder sind nicht brav und bekommen trotzdem etwas zu Weihnachten", quengelt die Wetterhexe, ,,wir müssen etwas unternehmen. Ich meine nicht nur, daß die Kinder nichts bekommen, sondern auch, daß wir uns alles nehmen können, was für die Kinder bestimmt ist."

,,Da wüßte ich schon etwas", erwidert der Eisriese, ,,wir machen so schlechtes Wetter, daß der Weihnachtsmann nicht zu den Kindern kommen kann. Viel, viel Schnee und Eis, daß alles steckenbleibt."

Erfreut kichert die Wetterhexe: ,,Das ist Spitze! Deine Idee kann sich sehen lassen! Ich mache mit!"

Der Eisriese meint nur noch: ,,Dann laß uns sofort beginnen", und beide stapfen los.

Die kleine Eva ist entsetzt. Was soll sie machen? Da muß doch einfach etwas geschehen! Am besten, ich laufe hinüber zum Kasperl, denkt sie. Der Kasperl weiß sicher

Rat. Es wäre nicht auszudenken, wenn kein Kind zu Weihnachten ein Geschenk bekäme. Schnell stülpt sie ihre Haube auf und schlüpft in ihren Mantel.

„Wo willst du hin?" fragt die Mutter, aber Eva ist schon bei der Tür draußen.

Zuerst findet sie den Kasperl und die Gretel nicht. Schließlich schaut sie hinter das Haus und sieht, wie die beiden das Holz schlichten. „Kasperl, Kasperl", ruft sie aufgeregt, „die Wetterhexe und der Eisriese ..." sprudelt sie aufgeregt hervor und berichtet alles, was sie gesehen und gehört hat.

Der Kasperl schüttelt bedenklich den Kopf, denn von den beiden hat er auch noch nie gehört. Er schlägt vor, daß sie zuerst einmal alle ins Haus gehen, Gretel soll frischen Tee machen und etwas zum Knabbern bringen, dann wollen sie in Ruhe überlegen. Kasperl läßt sich von Eva noch einmal alles genau berichten. Eva fleht ihn an, er soll doch helfen — und dem Kasperl geht auch schon einiges im Kopf herum, was er tun könnte, damit die beiden nicht allen Kindern das Weihnachtsfest verderben können.

Schließlich sagt er: „Es ist ja nicht nur das, sondern die Menschen können sich dann am Heiligen Abend nicht besuchen, sie können nicht zur Christmette gehen, Alte und Kranke müssen allein bleiben, es ist schrecklich."

In diesem Augenblick klopft es — und Kasperls bester Freund, der Seppl, kommt herein.

„Grüß Gott, ist das nicht ein herrliches Winterwetter!" ruft er laut in die Stube. „Aber was habt ihr denn? Ihr schaut ja ganz belämmert drein."

Jetzt wird noch einmal alles erzählt, und nun schaut auch der Seppl erschrocken.

„Es hilft alles nichts", meldet sich der Kasperl zu Wort, „Seppl, du mußt mitgehen, wir beide müssen das verhindern. Geh nach Hause, zieh dich warm an, und komm so bald wie möglich wieder her. Ich werde mich inzwischen auch warm anziehen."

Als nach kurzer Zeit der Seppl zurück war, machen sich der Kasperl und der Seppl auf den Weg. Der Kasperl hat einen tollen Plan. Er weiß, daß tief drinnen im Wald noch das Haus von einem Holzfäller steht.

Dorthin will der Kasperl gehen.

Als sie angekommen sind, untersuchen sie zuerst einmal das kleine Haus genau. Der Herd steht noch da, und hinter dem Haus ist sogar noch ein wenig Holz. ,,Na, warm braucht es ein Eisriese und eine Wetterhexe gerade nicht zu haben", murmelt der Kasperl vor sich hin, ,,da langt das Holz." Seppl klettert auf das Dach und meldet, daß es ganz in Ordnung sei. Außerdem kann man etwas zu essen bringen. Das taten die beiden auch, und als alles fertig war, galt es nur noch die Wetterhexe und den Eisriesen zu fangen und so lange in dem Häuschen einzusperren, bis Weihnachten vorüber war.

Kasperl und Seppl legten sich mit einem Strick auf die Lauer. Sie dachten, die Wetterhexe werden sie leicht einfangen, denn die sieht schlecht, weil sie aus Eitelkeit keine Brille trägt. Und der Eisriese ist so groß, daß er recht ungelenk ist, und bis der sich umdreht, hat er den Strick schon dreimal um den Bauch.

So war es dann auch. Kasperl und Seppl haben die beiden gefangen — Sie zogen sie in das leerstehende Haus, machten die Fensterläden zu und schlossen ab. Lange hörten sie sie noch schimpfen. Aber Kasperl und Seppl lachten nur. Die beiden Bösewichter waren sicher aufgehoben. Der Weihnachtsmann konnte zu den Kindern kommen. Die Straßen waren trocken, sodaß auch alle Alten und Kranken versorgt werden konnten.

Und alle Großeltern freuten sich auf die Besuche ihrer Enkelkinder.

Nach Weihnachten gingen Kasperl und Seppl in den Wald und befreiten die Wetterhexe und den Eisriesen aus ihrem unfreiwilligen Gefängnis. Es war ihnen nichts geschehen. Sie waren allerdings entsetzlich böse auf den Kasperl, weil sie ihren Plan nicht ausführen konnten. Der Kasperl aber sagte zu ihnen: ,,Seht ihr, so geht es, wenn man Böses im Schilde führt. Seht zu, daß ihr nie wieder etwas aus Bosheit machen wollt.''

Lachend und froh, daß alles so gut geklappt hatte, gingen Kasperl und Seppl nach Hause.

Hallo Freunde!
Wollt Ihr etwas über unsere Abenteuer erfahren? Na dann auf in die nächste Buchhandlung, wo die drei Bücher
„Puckerl und Muckerl"
„Puckerl und Muckerl helfen Brummelbein"
„Puckerl sucht Muckerl"
auf Euch warten.